ワケあり式部《しきぶ》と
おつかれ道長《みちなが》

奥山景布子
Kyoko Okuyama

中央公論新社

OPEN

いらっしゃいませ。どちらでも、お好きなお席へどうぞ。カウンターをご希望？　承りました。お客さま、はじめてでいらっしゃいますね。

……え？　本物の平安貴族たちからリアルな話が聞けるって噂の「平安BAR」はここかって？……ええ、まあさようでございます。正しくは「BARゆかり」と申しますが、最近そう呼ぶ方はほとんどいらっしゃいませんね。

じっくり式部《しきぶ》ママの話が聞きたい？　おやおや、さようですか。まあ、そういうお方でないと、イマドキわざわざこんな店を探して出向いてはくださらないでしょうな。

ママは今、ちょっと外しておりますが、すぐに戻ると思います。何をお作りいたしますか？　まずは水割り。承りました。オールドでよろしいですか。

あ、ママの話を聞くつもりなら、ぜひボトルのキープをお勧めします。絶対、一晩や二晩じゃすみませんよ。ママの他にもきっと、強烈な語り手がしょっちゅう割り込んでくるでしょうから。申し遅れました。私はバーテンダーの、行成《ゆきなり》と申します。ゆきなりと読むのが本来なのでしょうが、この本の筆者の周辺では、なぜかコウゼイと音読みをする人が多いのだそうです。

あ、ママ。お帰りなさいませ。ご新規のお客さま、お待ちかねです。

道長と式部　目次

第三夜

結婚にまつわるモヤモヤ

第四夜

人生は陰謀だらけ

第七夜　この世をば

ワケあり式部とおつかれ道長

◆主な登場人物◆

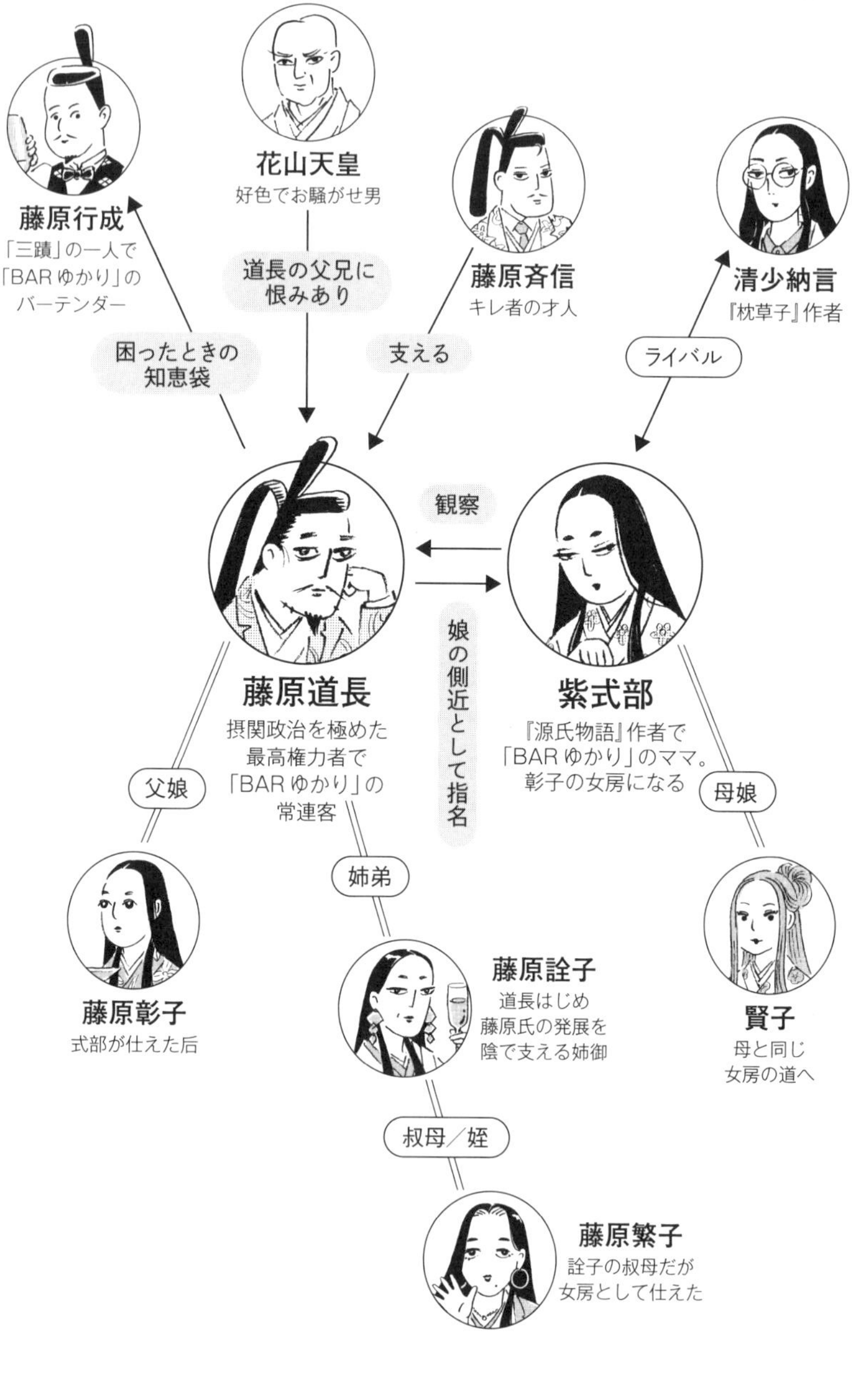
藤原行成
「三蹟」の一人で
「BAR ゆかり」の
バーテンダー
花山天皇
好色でお騒がせ男
藤原斉信
キレ者の才人
清少納言
『枕草子』作者
困ったときの
知恵袋
道長の父兄に
恨みあり
支える
ライバル
観察
藤原道長
摂関政治を極めた
最高権力者で
「BAR ゆかり」の
常連客
娘の側近として指名
紫式部
『源氏物語』作者で
「BAR ゆかり」のママ。
彰子の女房になる
父娘
姉弟
母娘
藤原彰子
式部が仕えた后
藤原詮子
道長はじめ
藤原氏の発展を
陰で支える姉御
賢子
母と同じ
女房の道へ
叔母／姪
藤原繁子
詮子の叔母だが
女房として仕えた

第一夜　オレにも可愛い時代があった

一　式部からまず一杯

私の話をお聞きになりたいというのは、そちら？　そお。

これで何人目かしら。現代の方には見つけにくい場所なのに、時々、こうしてわざわざ探して来るお客さまがあるのよね。皆さま、よほど物好きでいらっしゃるのかしら。

私が中宮さまのもとにお仕えしていたのは、もう千年以上も前。二十一世紀の今とはずいぶん違う世の中よ。そんな古めかしいお話、本当に聞きたい？　今夜はハロウィンで、表では皆さん、西洋風の派手なお召し物で盛り上がっている日だっていうのに。

本当はあまり、もう自分の話はしたくありませんの。時が経ちすぎて、分からなくなったり、忘れてしまったこともたくさんありますし。それより、「源氏物語」をお読みくださいな、あれが、私の残したすべてですもの。あの頃と違って、読みやすいご本がいくつもあるでしょ、きれいな漫画にだってなっていますし。

まあ、道長《みちなが》さまにもお話をお伺いするつもり、この店の常連だと聞いてきた、ですって？お若いお嬢さんなのに、案外グイグイくるのね。え、出版社にお勤め？　そう……。

分かりました。話せることはお話ししましょう。でも、あくまでうろ覚えですからね。現世を一度去ってから長いものだから、記憶があいまいなことも多いのよ。

それから、いささか長くなるかもしれません。覚悟してお聞きいただかなくては。よろしくて？


まずは、お約束の、幼少期のお話ね。行成さん、どうぞ二杯目を差し上げて。ゆっくり気楽に聞いてちょうだいな。

私、母の記憶がないの。私がまだ物心つく前に、亡くなってしまったって聞いているわ。弟の惟規《のぶのり》が生まれて、間もない頃だったらしいのだけど（天延元（973）年説による。紫式部の生年は諸説あり、天禄元（970）年から天元元（978）年までの間と考えられている。岡一男『増訂版源氏物語の基礎的研究』阿部秋生編『諸説一覧源氏物語』など参照）。「源氏物語」で、光源氏も紫の上も母と幼くして死別していると設定したのは、私自身の生い立ちが影響しているのかもしれないわね。

当時、母に死に別れたり、あるいは両親が離婚したりした子は、男子なら男親側の、女子なら女親側の親族に引き取られるのが世間では一般的だったのだけど（良かったら「源氏物語」の真木柱《まきばしら》巻《のまき》をお読みくださいな）、何か事情があったのでしょう、私は姉と弟といっしょに、父、藤原為時《ためとき》のもとで育てられました。

幼い頃で、一番記憶に残っていること？　それはやはり、貞元二（977）年の春のことかしら。

なぜこの年の春をよく覚えているかというと、それまでいつも難しい顔ばかりしていた父が、だんだん機嫌が良くなっていったのが、ちょうどこの頃だったから。姉とも「なんか、お父さまが近頃お優しくなったわね」ってよく話していました。

「今日は、帰りが少し遅くなるかもしれぬ。子どもらは、先に寝かしておいてくれ」

ある日、父が家の女房たち――これは、妻ではなくて、侍女という意味よ、うちは貧乏だったけど、それでも何人かは使用人がいたから――にそう言い置いて出かけようとするのを見て、私と姉は父に尋ねました。

「お父さま、今日は何があるの？」

いつもより念入りに装束を調えた父は、ことさらに咳払いなんかしちゃってこう言ったの。

「今日はね、春宮《とうぐう》さまの御前に参上するのだよ」

春宮さまって、皇太子さまのことね。

「まあ、春宮さまの？」

「そう。私は、副侍読《ふくじどく》をつとめることになったのだ」

父は誇らしげに言うと、やはりいつもより背筋を伸ばして出かけていきました。

当時の私はまだ幼くて、「副侍読」ってなんのことかも分かってなくて、ただただ「父が春宮さまのお側近くに伺うのだ！」というだけで感激したのですが、あとになればなるほど、この日が父にとってどれほど晴れがましいものであったか、身に染みて分かるの。

当時父は、三十路少し手前、というくらい。四十歳になれば長寿のお祝いをする時代のこの年齢は、現代の皆さんなら四十代半ばと言ってもいいかもしれないわ。だから父にしてみれば、ようやく、やっとのことで自分に良い仕事、運が巡ってきたと思っていたでしょうね。

この時、春宮さまは十歳。その日、三月二十八日に行われたのは、「読書始」という儀式でした（日本紀略）。選ばれた学者が春宮さまに講義をするのだけど、この学者を「侍読」と呼ぶの。これを補佐するのが「副侍読」よ。

父がかような大役を得られたのは、もちろん父の努力や、師事していた菅原文時《ふみとき》先生（あの天神さま、菅原道真公の孫に当たる方です）のご推薦もあったでしょうけれど、もう一つには、亡き母の縁によるところもあったみたい。

系図、御覧になって。えっ、これを苦手だとか言っちゃだめよ。この店では。

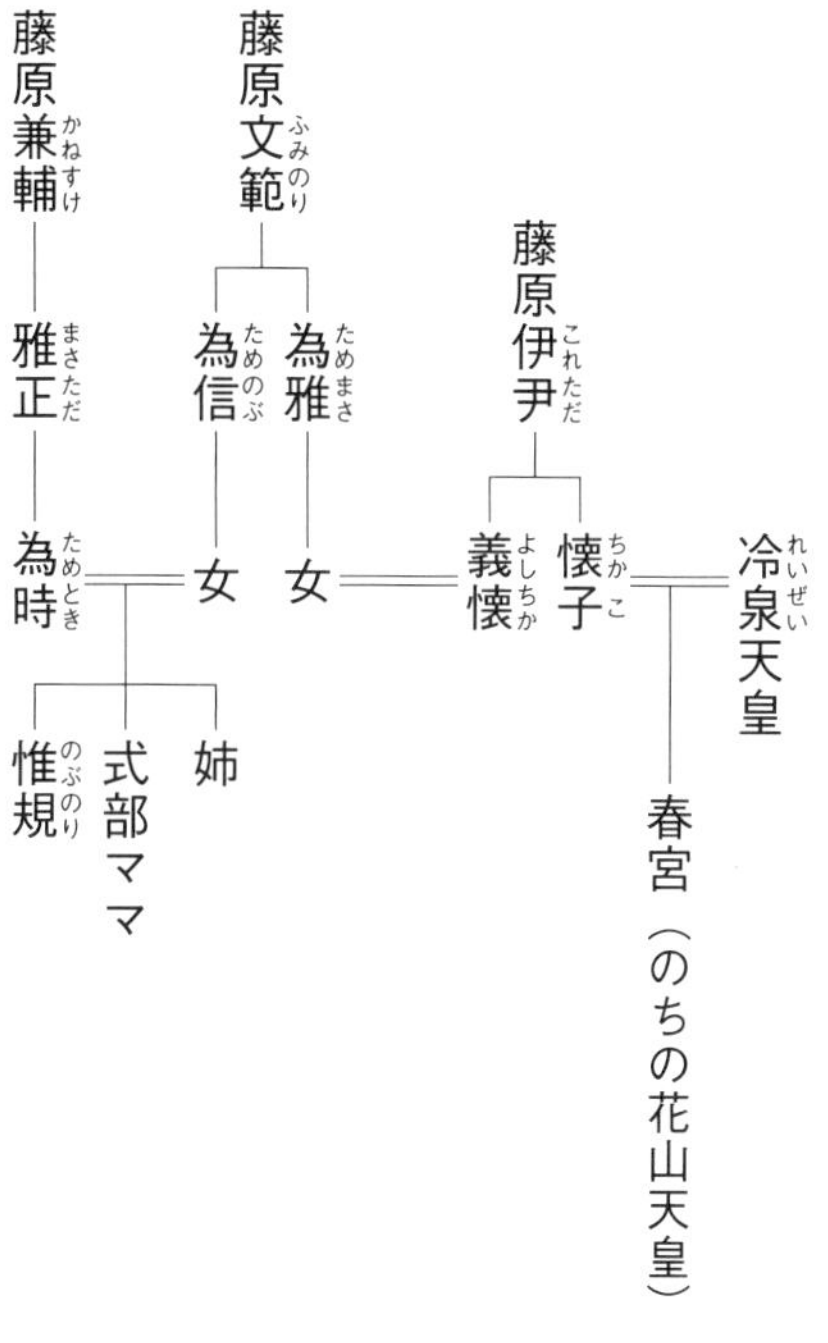

春宮さまの叔父さまである義懐《よしちか》さまの奥さまと、私の母、従姉妹同士になるでしょう？この儀式が行われた頃、春宮さまは、お母さまの懐子《かいし》さまも、お祖父さまの伊尹《これただ》さまも亡くしていらしたのね。義懐さまはまだ二十歳とお若いながら、甥である春宮さまの後見者としてこの儀式に関わっていたでしょうから、そんな縁もあって、父にこうした機会がめぐってきたのだと思うわ。

これ以後、父は春宮さまの側近の方々と近しく交流するようになったようです。ゆくゆく春宮さまが成人して、天皇の位に即《つ》かれれば、自分の官途はいっそう有望だろう——父がずいぶん望みをかけていただろうとは、容易に想像がつくでしょ？

そして、それは確かに実現した、のだけど。

ごめんなさい、思い出すと、ため息が出ちゃって。

あら、道長さまがいらしたわ。そう、あの道長さまよ。あら、今更何をビビってんの、お話聞きたいって言ってたでしょ？　私の話はいったん置いて、こちらへお招きしましょう。

行成コーナー

蔭位《おんい》の制とは

おつまみ、何か差し上げましょうか。定番のミックスナッツもいいですが、パリッと焼いたフロランタンなんていかがです？　オールドになら合いますよ。

ママの話、分かります？　私、行成からちょっとだけ補足しておきましょうか。

平安と言えば貴族ってなんとなく思っておいででしょうけど、どこからが本当に「貴族」なのか、その境目って、お考えになったことがありますか？　実は「律令」っていう当時の法律で、ちゃんと規定されているのです。

当時、朝廷に仕えることが許された者には、原則「位」が付けられていました。一番上は「正一位《しょういちい》」から始まって、「従《じゅ》一位、正二位……」と下がり、四位以下からは「正四位上、正四位下」と上下も刻まれていくのです。そして、さらに下は「従八位下、大《だい》初位《しょい》上、大初位下、少初位《しょうしょい》上」と下がって、一番下が「少初位下」でした。

「律令」では、この「位」が三位以上を「貴」、四位と五位を「通貴《つうき》」としています。

つまり、五位以上でないと本当は貴族と言えないわけです。

式部ママのお父上は、春宮さまの副侍読に任命された時はまだ、五位どころか、六位にも届いていなかったそうです。

これは、ある程度は生まれで決まってしまいます。何しろ官途のはじめをどの「位」から出発できるかは、父や祖父の「位」が上の人ほど、優遇されることになっていましたから。「蔭位」という制度なのですよ。現代に世襲議員が多い状態と、似ているかもしれませんね。しかもそれが法律で権利として保護されていた、というわけです……。

一位の人を父に持つ子なら、はじめから従五位下を与えられます。父が従五位なら、子は従八位上からになります。父が六位以下だったら、そうした特別待遇は望めませんから、官吏登用試験を受けなければなりません。これに合格すると、科目と成績とによって正八位上から大初位下のいずれかを授けられることになっています。

ママの祖父、つまり為時どのの父雅正《まさただ》どのは、従五位下が最高位。なので、「蔭位」を申請したとしても従八位上。でも雅正どのは、為時どのがまだ元服する前に亡くなったらしいので、為時どのとしては、自ら途《みち》を切り拓くしかなかったのでしょう。大学寮で学び、漢籍の知識を身につけることで、己の途を歩もうと考えたんじゃないでしょうか。

かく言う私もね。父も祖父も早死にだったものですから、下積みが長かったんですよ。

引き上げてくださった道長さまには恩も感じております。また機会があったらそんなこともお話ししましょう。
　さ、アーモンドとマカダミアナッツがいっぱいのフロランタン。うちで出しているのは、とても生地が薄くて、軽く仕上がっていますよ。

二　道長、父と伯父との骨肉の争いを見る

何、私の話を聞きたい？　ほう。

そなた、なかなか物の道理を知る者のようだな。

私の時代のことというとすぐ、ここのママや、クラブ香炉峰《こうろほう》のママ、そうそう、清少納言《せいしょうなごん》だよ、そういう女たちの話ばかりみな聞きたがる。なぜ、政《まつりごと》の頂点に立った私の話をこそ、もっと聞きに来ぬのかと、この千年余の間、いささか苛立っておったのだ。

ん？　雰囲気が怖そうで聞きにくいからじゃないかって？　そなた、ずいぶん率直にもの

を言うタイプか？

よろしい。とっくりと語って聞かせてやろう。おお、居住まいを正したな。よき心がけじゃ。

とはいえ、さほど大仰に構えずともよい。酒でも飲みながら、ゆるりと参ろうぞ。

……あ、いや。酒は、我が一族にはいささか因縁の難物じゃ。ほどほどに、嗜みながら聞くがよい。


この私、藤原道長と言えば、代々大臣を輩出する家に生まれて、その恵まれた出自のままに権力を握った者と思っている者が多いのであろうな。

まったくの間違いとは言わぬが、それでは物事の一面しか見ておらぬことになろうぞ。まずはそこを知っておいてもらおうか。

確かに、我が家の系図を遡《さかのぼ》っていくと、父兼家《かねいえ》の極官《ごっかん》（得られた中で最高位の官位）が太上大臣、祖父師輔《もろすけ》が右大臣、曽祖父忠平《ただひら》が太上大臣（系図は「尊卑分脈」、極官は「公卿補任」による）だから、まるで大臣を世襲しているように見えるであろう。

ひどいって？　まあともかく話を聞け。

しかし一方で、次のごとき事実もある。

忠平は五兄弟の四男。師輔は五兄弟の二男。兼家は十二兄弟の三男。そして私は、六兄弟の五男。

お、察しが良いな、そなた。そう、我ら藤原氏は、身内で権力を争ってきたわけだ。

私の祖として今名を挙げた人々はみな、もっとも身近な兄たちをしのぎ、弟や甥を抑えて、その座を摑んだ者たちばかりなのだ。もちろん、時には従兄弟たちの台頭もはねのけねばならないし、さらには他の一族の動きにも警戒していなければならない。

どうだ？「大臣家の子息」だからといって、決してのほほんとしてはいないだろう？

むしろ、いざとなれば兄弟の情など潔くかなぐり捨て得る胆力がなくては、第一の権力者への途など拓けないのだ。

そうした星の下に生まれたからだろう。元服前の記憶でもっともよく覚えているのは、あまりの悔しさと怒りに意気消沈する父と、それをなんとか力づけようとする母の姿だ。

あれは確か、私が七歳の時だったから、天禄三（972）年の冬のことになる（「公卿補任」）。

「父上がお帰りのようだわ。良いこと、みな、お静かにね」

母時姫《ときひめ》は、私と、姉の詮子《せんし》、それから兄の道兼《みちかね》に向かってにこやかに、しかし厳しい調子で言い渡した。兄と姉はそれぞれ、乳母の手で別室へ連れて行かれたが、一番幼い私だけは、母の側に引き寄せられ、そっと背を撫でられていた。

父兼家は当時、正三位大納言の地位にあった。乗った牛車《ぎっしゃ》が近づいてくるのは、先導する前駆たちが発する声で分かる。まあ、江戸時代の大名行列を小ぶりにしたようなものと考えてくれればよい。

「お帰りなさいませ」

「お帰りなさいませ」

母の膝《ひざ》に頭を預けてうとうとしながら、廊下にどすどすと、荒々しい足音が響くのを聞いていた。

「……おお、坊は寝入ったところか。それは悪かった」

今思えば、私を膝に載せていたのは、父に声を荒らげさせないための、母の策略だったのかもしれぬ。父はふうっと深くため息を吐くと、ぼそりとした声で「やはり、兄上にしてやられた」と呟いた。

「さようですか」

私の背を撫でながら、母はしばらく黙っていたが、やがて穏やかに言った。

「だいじょうぶ。私の望みはすべて叶うと、辻占《つじうら》に出たのですもの（「大鏡」太政大臣兼家伝）。必ず、殿が一の人（摂政や関白となった人を、世間ではこう呼ぶ）になられますわ」

母は若い頃、二条大路で白髪の老婆に声を掛けられ、「思うことはすべて叶い、この大路よりも長く栄える」と言われたことがあったという。何かというとこの占いを持ち出して、夫や息子を励ますのが、母の常だった。

父は実兄（私にとっては伯父）である兼通《かねみち》と長らく不和で、我ら兄弟はその争いをずっと側で見ていた。あまり気持ちの良いものではないが――この一族に生まれた者の宿命みたいなものだから、逃れようもなかろう。

父と兼通伯父は、伯父の方が四つも年上なのに、出世においては常に父の方が一歩も二歩も先を行っていたらしい。失礼ながら子どもだった私の目にも、父の方が決断力や行動力に優れ、また人望も優れていたように見えた。ただかようなことは、当人は客観的に見られるものではないから、伯父が父を憎んだのも、まあ分からぬでもない。

この年の十一月一日、当時の一の権力者で、私にはやはり伯父にあたる、太政大臣伊尹《これただ》どのが没した。父や伯父の長兄に当たる人だ。

伊尹伯父の死で世の人が最も注目したのは、もちろん出世競争。具体的には、彼が担っていた摂政《せっしょう》という役目がどうなるかで、もちきりだった。

朝廷における序列は、太政大臣の下に左大臣、右大臣、大納言、中納言、と続く。今の政治でいうなら、このあたりまでが閣僚と言えよう。父は当時大納言、兼通伯父は中納言だった。

太政大臣が死ねば、左大臣が摂政になるかと言えばそうとも限らず、むしろ天皇家とのつながりの深さの方がものを言う。この時、顔ぶれから見て、「次は当然、自分だ」――父はきっとそう考えていただろうし、世間でも大方の人はそう思っていたに違いない。

ところが、円融《えんゆう》天皇の判断は違っていた。伊尹伯父が病没してその後一ヶ月ほどすると、兼通伯父がとんでもないスピード出世をしたのだ。大納言も経ず、上席の公卿《くぎょう》を六人も飛び越えて一気に内大臣となり、同時に関白《かんぱく》の職に就くことになった（「公卿補任」天禄三年十一月二十七日）。父が先ほどのようなガックリした姿を母や私に見せたのは、その除目《じもく》（人事異動）のあった日、十一月二十七日の夜のことだ。「姉上のご機嫌をもっととっておくべきだった」と、繰り返しつぶやきながら。

しかしなぜ、円融天皇は、地位も低く、人望も劣ると思《おぼ》しい兼通伯父の方を「一の人」としたのか。

ここに、父のつぶやき「姉上のご機嫌を」が絡んでくる。

簡単な系図を示そう。

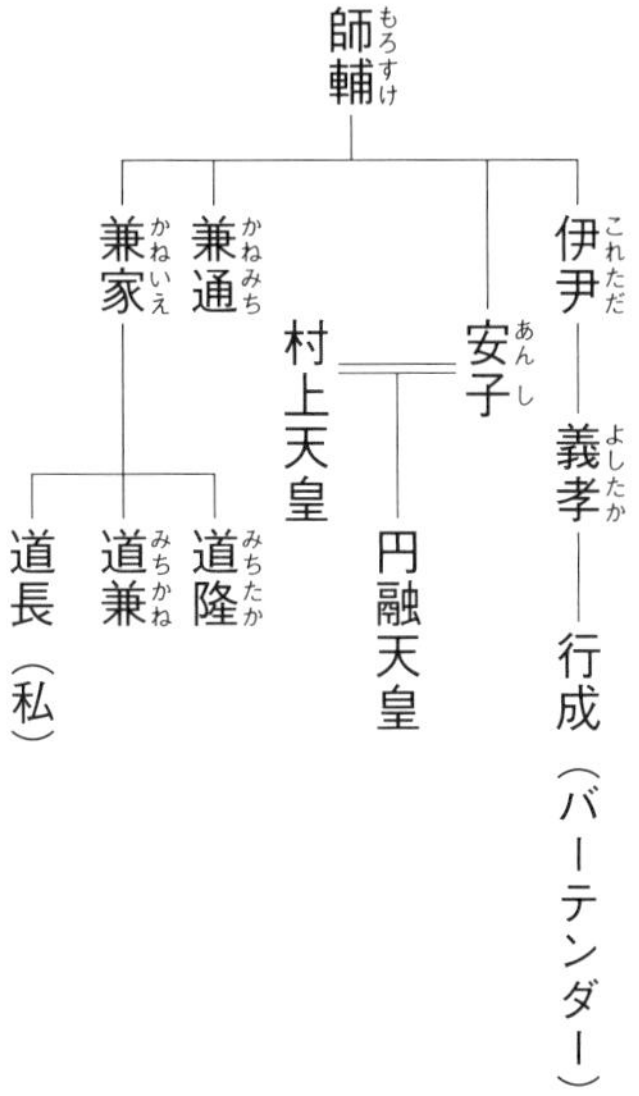

父の言う「姉上」とは、藤原安子《あんし》。円融天皇の母后《ははきさき》だ。私には伯母にあたるこの女性は、私が生まれる二年前、康保元（964）年に亡くなっているのだが、なんと兼通伯父は、この安子伯母が生前「関白は次第のまま（年齢順）に」と遺言していたのを盾にとって、天皇に迫ったらしい。

いったいこの遺言がどのような形で残っていたのか、私は知らない。一説によると、兼通伯父は、安子伯母がまだ生きている時に一筆書いてもらい、それを肌身離さずお守りのように身につけていたとも言われている（「大鏡」太政大臣兼通伝）。

ともあれ、天皇の母である姉との関係の深さ――この一点において、どうやら父は伯父に負けたというのだ。現代でも、一枚の遺言状で相続についての思惑がひっくり返ることがあるようだが、父はまさにそんな目に遭ったのだ。驚いたか？

兼通伯父に関白の座を先んじられたことは、この後五年にわたって、父に忍耐を強いた。私はまだ元服前だったから内裏《だいり》での様子などは知らないが、兄の道隆《みちたか》や道兼はいろいろ思うことも多かったろう。

父と伯父の仲は、結局伯父の死まで修復されることはなかった。それどころか、伯父は文字通り自分の命を賭けて、最後の最後まで、父の前途を潰そうとしたのだ。

おーい、行成、ラフロイグの一〇年をストレートで。あれぐらいインパクトのある酒でないと、この続きは語れぬわ。

貞元二（977）年の初冬、私は十二歳になっていた。この時、兼通伯父は関白太政大臣、父兼家は五年前と同じく大納言のままだった。

「太政大臣さまは、ご体調が悪いそうな」

「ご祈禱《きとう》が続いているようだ。僧侶が多く出入りしているぞ」

当時、父や私たちの住まいは東三条殿。兼通伯父が住む堀川殿とはごく近くで、しかも同じ通りに面していた。伯父の重篤の気配は、大路を行き交う人や車の動きですぐに伝わってくる。

「どうやらいけないそうだ」

「お気の毒に。まだ五十二、三だろう。お心残りが多そうだな」

父はそんな噂を耳にしつつ、しかし長年の不仲の恨みから、一度も見舞いには行かず、普段通りに内裏へ出仕していた。

「母上、たいへんです」

「とんでもないことになりました」

道隆と道兼、やはり宮中へ行っていた私の二人の兄が、血相を変えて母のもとに現れたのは、十月十一日の夜だった。

「何事ですか、騒《そう》がましい」

その時も母はおっとりと答えたが、道隆兄からその日起きた事の次第を聞くと、さすがに言葉を失っていた。

兄たちの知らせによれば、この日、父が帝の前に控えていると、げっそりと頬のこけた伯父が、目ばかりかっと見開いた鬼のような形相で、それでも装束だけはきちんと改めた姿で参上してきたという。

「最後の除目を――伯父上はこうおっしゃってご自身の腹案をご発表になり、次々に帝のお許しを得ていってしまわれたのです」

除目というのは、人事のことだ。死病を押して参上の上、わざわざそれを行おうとする伯父の迫力はものすごく、天皇も異論を挟む余地がなかったらしい。

「それで、殿は」

母がおそるおそる尋ねると、驚くような答えが返ってきた。

「右近衛大将《うこんえのだいしょう》を罷免され、治部卿《じぶきょう》に遷《うつ》されました」

「なんですって」

近衛府《このえふ》は宮中の警固を担う省庁で、左右二つの組織に分かれている。右近衛大将はその右の府の長官で、武官の最上位だが、この頃は大納言の誰かが兼任しているのが通例だった。

一方の治部卿。治部省はもともと戸籍の管理や外交を担っていたが、この時代はもう戸籍の管理はほぼ実態が失われていたし、外交も下火になっていたので、長官である治部卿はあまり敬意を払われているとは言えず、父の経歴から考えれば、明らかに左遷《させん》だ。

伯父は常々、父のことを「本当なら九州へでも左遷（事実上の流罪）してやりたいが、口実が見つからぬ」と言っていたとの噂もあった（『栄花物語』花山たづぬる中納言）。どうやら最後の力を振り絞って、できる限りの嫌がらせを尽くしていったようだ。さらにものすごいのは、自分がこのまま死んだ場合のことまで考え、わざわざ関白を左大臣の藤原頼忠《よりただ》（この人は伯父と父の従兄にあたる）に譲る決定までしていってしまったのだ（『公卿補任』貞元二年条）。

その晩遅く、牛車の音も荒々しく帰ってきた父は、「かような辱めを受けるとは。しばらく誰とも人付き合いはせぬぞ。そなたたちもそう心得よ」と言ったきり、自室にこもってしまった。

結局、それから一ヶ月足らずで兼通伯父は没した。五十三歳だった。

実は例の除目の直前、伯父は、父の牛車が自分の邸の前を通る音を重病の床で聞いて、「やはり兄弟だ、日ごろの恨みはさておき、見舞いに来てくれたのか」と喜んだのだそうだ。ところが、車は素通りして内裏へ行ってしまった。それで「さては自分がもう死んだと思って、関白の座を天皇にねだりに行くのだな！」と激怒した勢いで、死の床から起き上がってきたらしい（『大鏡』太政大臣兼通伝）。

もちろん、これはあくまで噂で、真偽のほどは分からない。ただ、そう噂されても仕方ないほど、父と伯父の確執の根が深かったことが、まだ少年で、朝廷に出仕する前だった私の心に深く刻まれたことは、間違いない。

行成コーナー

摂政と関白

いやあ、すごいお話でしたね。

道長さまの元服前の話というのは、私もこれまでお聞きする機会がありませんでしたが、兄弟というのはかえって他人より始末が悪いのかもしれませんなあ。

さて、せっかくですから、ここで「摂政」と「関白」についても説明しておきましょうか。「摂関政治」は道長さまの代名詞のように扱われておりますし。

摂政とは、天皇に代わって政を行う職。天皇が幼少である場合に置かれることが多いです。古くはあの聖徳太子もこの任に当たっていたとか。

一方関白は、天皇を補佐する職。こちらは、天皇が成人した後にも置かれます。この職を日《ひ》の本《もと》で初めて任じられたのは、道長さまの曽祖父・忠平の父、基経《もとつね》でした。元慶八（884）年のことです。

こう解説すると、摂政と関白ではかなり権限に差があるように思われるかもしれませ

ん。もちろんそれが本来のあり方なのですが、私どもの時代にはもうその差はあまりなくなっていたと言えましょうか。

本来、というならそもそも、これらは本来常に置かれる職ではなく、あくまで臨時の職なのです。でも、私どもの時代にはその点もほぼ忘れられて、天皇が幼少であれば摂政、成人であれば関白の地位を、臣下の誰かが占めるのが当然のようになっておりました。

ただ、道長さまご本人は、実は一度も「関白」の地位には就いていらっしゃらないのです。そのあたりは、また機会を改めて、お話し申し上げましょう。

そうそう、道長さまが召し上がっていたラフロイグというのは、スコットランドのアイラ島で作られるウイスキー。とてもパンチの効いた独特の香りと味わいです、お試しになりますか？　やみつきになるか大嫌いになるか、どちらかだと言われています。つまみにはようかんなども案外イケますよ。

ああでも、そろそろお客さまは終電のお時間でしょう？　ラフロイグはぜひ、次回に。これに懲りず、お立ち寄りください。上等のようかんを用意して、お待ちしています。

第二夜　家族って大変！

一　道長、女の人生の辛酸を知る

いつぞやの現代女子ではないか。また来たのか。

いきなりラフロイグの一〇年とは、景気が良いな。なに、冬のボーナスが思っていたよりちょっと多かった？　それは良かったな。で、さらに新しい本の企画のために取材中？　そうかそうか。なら、私の話の続きを聞かせてやろう。

さて、兼通伯父が亡くなる直前に行った「最後の除目」で「一の人」になった頼忠どのだが、さすがに後味悪く思ったのだろう。円融天皇と相談の上で、伯父の死の翌年、天元元(978)年の十月に、父の右大臣昇進を取り計らってくれた（「公卿補任」）。

ただ今度は、この頼忠どのと父との間で、互いの娘をめぐっての難しい関係が表面化することになる。

ところで、ここのママ、紫式部が、物語の冒頭で「女御更衣《にょうごこうい》あまたさぶらひたまひける中に」なんて書いたものだから、平安の天皇にはいつも大勢の女御更衣がいたと思っている者が多いようだな。しかし、実際はそうでもないのだ。

円融天皇について言えば、この時、主な后妃は、中宮の媓子《こうし》（兼通伯父の長女）どのだけだった。ただ、この中宮はもう後宮に入って六年近くなるというのに、子どもに恵まれていなかった上、すでに三十二歳になっていた。

こうなると、兼通伯父も亡くなったことだし、自分の娘を後宮に入れよう――大臣たちがそう考えるのは、まあ自然な流れと言って良かろう。

そこでこの年、四月に頼忠どのの長女遵子《じゅんし》どのが（『日本紀略』）、そして八月に父の次女、つまり私の姉の詮子が（『日本紀略』）、相次いで円融天皇の後宮に入った。

翌天元二（979）年六月には、新たな女御たちの参入に気圧されたように、媓子中宮が亡くなった（『日本紀略』）。さすがに世人からは同情が寄せられたが、一方でここからよりはっきりと、遵子どのと詮子姉、どちらが先に皇子を産んで新たに中宮となるかに、世間の関心が集まることになった。

「お喜びください。ご懐妊です」

この年の冬、姉の遣いが東三条殿へこの吉報をもたらした時の、母のあの嬉しそうな顔は今も忘れられぬ。「なんて有り難いこと」と呟きながら、胸元で手を合わせる仕草を何度もしていた。

「もったいない。私はこれで、二代にわたる帝の御子を、我が孫とお呼びできるのです。なんと果報なことでしょう」

私の長姉超子《ちょうし》は冷泉上皇の女御で、すでに皇子二人（居貞《いやさだ》親王、為尊《ためたか》親王）の母だった。

「来年にはそなたも元服して宮中へ出仕することだし。楽しみが増えます」

早くから何枚も何枚も、出仕用の装束を仕立てるなど、末っ子である私の元服を心待ちにしていた母の心情は、もちろん私も身に染みていた。

年が明けて、天元三（980）年一月。

七日に、私は従五位下の位を授けられ（「公卿補任」永延元年条）、いよいよ貴族男子の一人として、宮中へ出仕する日々が始まった。

そうそう、ここでまた一つ、当時の官位制度の説明を聞いてもらおうか。何、「面倒臭そう〜」、だと。この道長に向かって、よくよく怖いもの知らずの女子だな。そう言わずにちゃんと聞け。でないとこの時代の仕組みは分からぬぞ。

実は私がいきなり従五位下という高位から官途を歩めることになったのは、蔭位とはまた別の恩恵のおかげなのだ。

もし蔭位なら、このとき父兼家は正二位右大臣なので、私は正六位下になるはず。それが、さらに二刻み上積みされたのは、冷泉上皇の「御給」によるものだ。読み方は「ごきゅう」だが、「みとうばり」とも読む。

上皇には、年に一人、誰かに従五位下を与えるよう推薦する権利がある。それが「御給」だ。この年、冷泉上皇はその権利を私のために使ってくれたのだ（むろん、これには当然、それ相応のものを上皇にお支払いすることになる）。

この権利は他に、春宮や三宮《さんぐう》（太皇太后・皇太后・皇后）にも与えられていて、縁のある者たちを引き立てるのに用いられる。もちろん、私の兄たちもみな、同様の恩恵にあずかってきた。貴族たちが競って皇族との縁を結ぼうとするのには、かような理由もあるのだ。

ともあれ、晴れがましく政界入りを果たした私だったのだが、とてもとても無念なことに、この晴れの日、母の時姫は病床にあった。

「母上。お加減はいかがですか」

「ありがとう。今日はずいぶん良いようよ。私のことより、そなたは無事、すべての儀式をつとめられましたか」

「はい。おかげさまで」

「そう、それは何より」

母は深々と安堵の息を吐いた。宮中儀式で恥をかかぬこと。貴族にもっとも求められることの一つだ。

「あとは女御さまの無事なご出産さえ叶えば。そうしたら、もう私は静かに仏さまのもとへ参りましょう」

「さように弱気では困ります。まだまだ、母上には我らの行く末をずっと見ていてくださらなければ」

しかし、それからほどなくして、私のその願いは断ち切られることとなる。

天元三年一月二十一日。母は静かに息を引き取った（「小右記《しょうゆうき》」詮子の御衰日、「御堂関白記」毎月二十一日に経供養、斎食）。

父との間に私を含め三男二女をもうけ、世の人から「幸い人」と羨望されたこの女性は、穏やかで控えめな、さりとて、夫の派手な女性関係にも容易に動じない強さを持った人だった。父の女の一人が「蜻蛉日記《かげろう》」なんてものを書いて、父との関係を細々と世に暴露しても、黙って何も言わなかった人だ。

その年の六月一日の未明、詮子姉は無事に男子を産んだ（「日本紀略」）。円融天皇には初めての皇子である。以後、懐仁《やすひと》親王と申し上げる。

父も兄も、私も、もちろん快哉を叫んだのは言うまでもない。ただ姉本人は後々まで、「母上に一目、御覧に入れたかった、それだけが口惜しかった」と繰り返していた。母と娘の絆というのは、男子からは計り知れぬところがあるな。

一方の関白頼忠どのの娘、女御遵子どのは、いっこうに懐妊の気配がなかった。その頃円融天皇の後宮にはもう一人、尊子《そんし》内親王（冷泉上皇の皇女）も加わっていたが、こちらからも懐妊の噂は聞こえてこない。

次の中宮は当然、詮子姉だろう――多くの人がそう思っていたはずだが、円融天皇はなぜか、なかなか中宮を決めようとせず、一年以上が過ぎた。

天元五（982）年。私のこの正月に、昇殿を許された（「公卿補任」永延元年条）。天皇の住まいである清涼殿《せいりようでん》にもうけられた、臣下との対面所である殿上の間へ入れる、つまり、殿上人の仲間入りを果たしたことになる。

――これで少し、彼に追いついたか。

私には当時、何かと気になる男がいた。関白頼忠どのの長男、藤原公任《きんとう》どのだ。

同い年のこの人は、私と同じ時期に元服したが、天皇のお声掛かりでなんといきなり正五位下に叙されていた。しかも元服の場所が清涼殿という別格扱い。つまり、私よりも二年も先に、うんと華やかに殿上人になっていたのだ。おそらく、当時最年少の殿上人だっただろう。

向こうは関白太政大臣の長男、こちらは右大臣の五男という差があるから、これは仕方ない。ただ、彼は学問や書、和歌や音楽などにおいても優れていると評判が高く、父の兼家が時にうらやましがっては、私や兄二人に向かって「公任どのと同列にとまでは言わないが、せめて影くらい踏めないか。残念だな」などと愚痴《ぐち》を言うことがあった。

兄たちは何か言えばやぶ蛇とでも思っていたのか黙っていたが、私はついムキになってしまい「そのうち、影どころではない、顔を踏めるほどの者になってみせましょう」と、大きく出てしまったことがある（『大鏡』太政大臣道長伝）。父も兄たちも驚いていたな。

自分でも、ちょっと言い過ぎたか、とは思ったのだが。まあ、それくらいの負けん気がなければ、「一の人」を目指すことなどできぬということ、としておこう。

いやいや、こんな私のつまらぬ大言壮語はともかく、天元五（982）年の、思い出しても辛い出来事の方を、ぜひ聞いてもらおう。

この年はわが家にとって、とんでもない災厄の年となってしまった。

あれは忘れもしない、一月二十七日、庚申《こうしん》の晩のことだ。

ああ？　さようか、庚申も、今の世では聞き慣れぬ言葉なのか。むむむ。行成、そなた代わりに説明してくれぬか。

行成コーナー

干支《えと》と庚申待ち

おやおや、突然のご命令。よろしうございます、ご説明いたしましょう。

干支と申しますと、現代では十二支《じゅうにし》の方ばかりが取り上げられがちでございますが、本来は、十干《じっかん》（甲《きのえ》・乙《きのと》・丙《ひのえ》・丁《ひのと》・戊《つちのえ》・己《つちのと》・庚《かのえ》・辛《かのと》・壬《みずのえ》・癸《みずのと》）と十二支（子・丑・寅・卯・辰・巳・午・未・申・酉・戌・亥）との組み合わせなのでございます。

十と十二だから、この組み合わせは六十通り。私どもの頃には、暦日の目安として欠かせぬものでございました。年も月も日も、この組み合わせによって示していたのです。読む時は「こうしん」と音読みにする場合と「かのえさる」と訓読みにする場合とがあります。

ちなみに天元五年の干支は壬午。この年の一月は壬寅で、二月は癸卯。さらに一月一日の干支は甲午、翌日の干支は乙未。お分かりでしょうか？

この干支というのには、さまざまな俗信や習慣がついて回るものでございます。現代

だと、丙午《ひのえうま》などというのが有名ですね。そういえばこの本の筆者は丙午の年の生まれだと聞いております。

　まあそれはともかく、道長さまのご家族に悲劇の起きた、天元五年一月二十七日は庚申の日だったのでございます。

　私どもの時代に、干支にまつわる習慣として最も知られていたのが、「庚申待ち」という習慣でございました。もともとは道教から発したものだと聞いていますが、当時の貴族層には深く浸透した習慣で、この日の晩は眠ってはならぬことになっておりました。というのは、人の体内には三尸《さんし》という虫が住んでおり、庚申の夜に人が眠ると、その隙を突いて天に昇り、天帝にその人の罪を告げてしまう。すると、天帝はその人を早死にさせると信じられていたのです。なので、その晩は詩作や詠歌、管弦、碁や双六など、思いつく限りの遊びをして、みなで徹夜して過ごすのが、私どもの習慣でございました。

　道長さま、こんな説明でよろしうございましょうか。


うむ。さすが行成、弁舌の巧みさは相変わらずだな。

さて、その晩だ。

二人の兄と私、三人で、後宮の梅壺《うめつぼ》（凝花舎《ぎょうかしゃ》）にいる詮子姉と、東三条殿にいる超子姉、両方のもとを交代しながら訪問して、女房たちと遊びに興じようということになった。詮子姉のもとには三歳になった懐仁親王が、超子姉のもとには、居貞親王と為尊親王に加え、前年に産まれたばかりの敦道《あつみち》親王もいて、どちらの御殿も華やいで楽しい場所であった。

私は夕刻からしばらく東三条殿で過ごし、夜が更けた後に梅壺へ参上して、未明にまた東三条殿へ戻った。その時だ。

「大変です。どなたか、灯りをお持ちください」

「若殿さま！　いかがいたしましょう」

「騒ぐでない。まさか、こんなことが。とにかく、お起こししよう」

急いで行ってみると、悲鳴を上げる女房たちを、道兼兄がどうにか静めているところだった。

「どうしたことですか、これは。何の騒ぎです」

「姉上のご様子がおかしいのだ。近くにいた女房たちの話では、〝脇息《きょうそく》にもたれてうとうとなさってしまったけれど、もう何度も鶏《にわとり》や烏《からす》の鳴き声が聞こえたことだし、良いでしょう〟と、そのままにしておいたらしい。ところが、私が先ほどから何度もお声をかけているのに、まったく起きてくださらない」

それから、二人して超子姉を抱き起こし、何度も呼びかけて揺さぶってみたけれども、身体は正体なく横たわるばかりで、息をしている様子もなかった。

「どうしたのだ」

遅れて梅壺から下がってきた道隆兄に事情を話すと、「すぐに父上にお伝えしよう」ということになった。

駆けつけてきた父は、ひたすら娘を抱きかかえながら、大勢の僧侶に遣いを出した。祈禱《きとう》が始められた邸内は騒然とし、我らはひたすらに姉の蘇生を信じて祈り続けた。

姉はまだ三十歳にもなっていない。三人の幼い親王方、この先春宮に立つかもしれぬこの方々を遺して、亡くなるはずがない。仮に庚申の俗信が本当だとして、姉にいったいどんな罪があるというのだ。そんなでたらめな天帝など、決して存在してはならぬ。

父も私も、そう信じていた。

しかし、父の腕の中で、姉の身体は次第に冷たくなっていった。そうして、抜け出ていってしまった姉の魂は、もう二度と戻ってこなかった（『栄花物語』花山たづぬる中納言）。

「かような、かようなことがあるものか」

父の号泣が響き渡ったが――悲劇はこれだけで終わらなかった。

超子姉崩御の報が宮中に伝えられると、詮子姉が慌ただしく東三条殿へ退出してきた。

「なぜ……」

詮子姉は信じられぬという顔つきでそう言ったきり、押し黙った。

この時から、我が一族では、庚申の夜に徹夜をする習慣についてまったく無視するようになった（『富家語』第七十条）。

東三条殿で我らが、超子姉の喪に服してしめやかに暮らす中、宮中では、春宮である師貞《もろさだ》親王の元服など（式部ママの父が副侍読をつとめた春宮というのはこの方のことだ）、晴れがましい儀式も行われていたが、もちろん、父も兄も出仕はせず、それらはまったく他人事としていた。

ただ、それとは別にもう一つ、思いがけぬことが密かに進行していたのを、父も兄たちも私も、三月、すでに事が動かせなくなってから、知らされたのだ。

今思い出しても、腹立たしい！

「父上。少しよろしいでしょうか」

三月五日、珍しく父と私とで漢籍の話などしていると、道隆兄が父の居室を訪れてきた。手には一通の手紙を持っていて、微かに紙の震える音がした。

「妻から手紙が参ったのですが、それが……」

道隆兄の妻は高階貴子《たかしなのきし》といって、内侍《ないし》として宮中に仕えている。貴子と超子姉との関係は、律令の服喪規定の範囲外なので、貴子はこのときも出仕を続けていて、兄の貴重な情報源でもあった。

父はひったくるようにその手紙を読むと、「裏切られた」と唸った。

貴子からの手紙には、「弘徽殿《こきでん》女御を中宮にするとの綸旨《りんじ》が出た」（『小右記』天元五年三月五日条）とあったのだ。頼忠どのの娘、遵子どのを正妃にするという意味である。

皇子を産んだ詮子姉でなく、一人の子も産んでいない遵子どのの方を中宮にする。こんな馬鹿な話はない。いくら遵子どのが関白太政大臣を父に持つからと言って、詮子姉を踏みつけにするにもほどがある。

綸旨は、天皇の命令を受けて蔵人所《くろうどどころ》が発行する文書だ。宣旨《せんじ》よりは略式のものだが、その分伝達されるのは早い上、事を秘匿《ひとく》するにも都合が良い。現代風に言うなら、しかるべき会議を経てから作成され、改めて文書で通達されるのが宣旨。会議も通さずに秘書官がいきなりメールかなんかで送り付けてくるのが綸旨とでも言おうか。

とはいえ、綸旨も「天皇の意思」を示すものには違いないから、発表されてしまえば既成事実になってしまう。

おそらく、円融天皇と頼忠どのは、父に事を伏せたままこの綸旨が出せる機会を、密かにずっと狙っていたのだろう。

「かような話、詮子にどう伝えれば良いのだ。亡き兄上から受けた仕打ちよりもひどい」

円融天皇がいったいどう考えてこの決断に至ったのかは、正直私には分からない。ただ父にとってこの処遇は、兼通伯父が行った最後の除目よりも衝撃が大きかったらしい。

「今に見ておれ。このままではおかぬ……。そのためには絶対に、長生きをせねば」

父はこのとき五十四歳。すでに伯父が亡くなった時の年齢を一つ上回っていたが、「一の人」になろうという執念と手腕においては、おそらく一つどころか数段上回っていたことを、私はこれから数年の間に、思い知ることになる。

　そしてそれは、私の生き方にも大きな影響を与えることになった。


　ともかく、円融天皇が遵子どのを中宮に決めたことへの、父兼家の怒りは大きかった。やがてその怒りは、天皇本人やまわりの公卿たちにはっきり示されていった。

「私は当分、出仕しないぞ。そなたらも行くでない」（「栄花物語」花山たづぬる中納言）

　実子や兄弟姉妹の死に際しての服喪期間は九十日となっている。父は最初、それを盾にとって政務や儀式にまったく関知しない態度を取ったが、規定の九十日が過ぎてもそれを改めようとはしなかった。内裏で火事があって天皇が御所を遷されたと聞いても素知らぬ顔をするなど、その姿勢は徹底していた。

　父は、兄や私たちだけでなく、詮子姉のことも宮中へ行かせなかった。もとより詮子姉自身も、自分を差し置いて遵子どのが中宮になったことで円融天皇への不信を強めていたので、これは自然な成り行きだったらしい。

「私が参内《さんだい》して、親王さまに何かあったらと思うと、心配ですし」

　何しろ、人を呪いで殺すこともできると信じられていた時代ゆえ、詮子姉には不信感のみでなく、不安感も強かったのだろう。

　今のところ、円融天皇のたった一人の皇子である懐仁親王は、詮子姉のもとで養育されている。誰が何を企んでいるか分からぬ宮中へ伴っていくより、父の守っている東三条殿で暮らしたいと考えたのは、無理もない。

私自身は内心、こうしているうちに遵子どのが懐妊したりしたら今度はどうなるだろうと、いくらか不安にも思ったが、姉の気持ちはもっともであるし、また、まだ二十歳にもならぬ若造の自分が、右大臣である父に意見するなど思いも寄らず、ただ従うのみだった。

「帝は必ず、懐仁親王を次の皇太子にしたいと願うはず。そのお気持ちが強くなった時が、こちらの勝負だ」

これが父の切り札だった。

この時、円融天皇の皇子が懐仁親王一人だったのに対し、兄である冷泉上皇には春宮を含めて四人の皇子があった。しかも、春宮をのぞく三人は、いずれも亡くなった超子姉の産んだ子、すなわち父の孫に当たる。つまり、現時点では、次の春宮になりうる皇子が全員自分の孫だというのが、父の自信を支えていたのだろう。

円融天皇は、さすがに我が子に会いたく思ったのか、詮子姉のもとには頻繁に遣いが寄越されていた様子だったが、姉が動く気配はなかった。

「だいじょうぶなのですか？」

一度心配に思って姉に聞いてみたことがある。すると姉は、にっこりと微笑んで、こんな答えをしてきた。

「二、三度に一度くらいは、思わせぶりなお文をお返ししています。皇子にお会いになりたいお気持ちが、いっそう募るようにね」

　さすが、兼家の娘だ、この人とはぜひ、ずっと良い関係でいよう――私がそう思ったのは言うまでもない。

　かような有様で、本来なら宮中で、天皇の御前で行われるべき、懐仁親王の着袴《ちゃっこ》の儀式（三歳から七歳くらいまでに行われる、成長を祝う儀式）さえ、東三条殿で行われたのには、傍で見ていて本当に気を揉んでしまったが、天皇の方も当時、ちょうど内裏が火事に遭い、職御曹司《しきのみぞうし》と呼ばれる役所の建物に避難していた（『日本紀略』）頃で、動くに動けなくなっていたのかもしれぬ。

　円融天皇と詮子姉、父がようやく歩み寄りを見せたのは、永観二（984）年の七月だった。

「お父さま。帝から、若宮にぜひ、今年は相撲節会《すまいのせちえ》を見せたいとのお言葉が届いたのですけれど、いかがいたしましょう」

　姉もさすがにこの申し出を黙殺はできかねたのだろう、父に相談したらしい。

「相撲、か」

　実は同じ頃、父のもとにも度々「相談があるからどうしても出仕してほしい」との帝の言葉を携えた遣いが何度も来ていた（『栄花物語』花山たづぬる中納言）。

　相撲は今もなお続いているそうだな。私の頃はあれは宮中行事、節会《せちえ》の一つだったのだ。

数多くある行事のうちでも、楽しみにしている者の多い節会だった。秋になると諸国から選ばれた力士が都に集まり、天皇の御前で力と技を競う。「日本書紀」にも記載のある、伝統ある行事だ。

「そろそろ、潮時かもしれぬな」

実の父親に対面せぬ日が二年以上続いているのは、懐仁親王の行く末のためにも、やはり良くないことと父も思うに至ったらしい。

そしてついに父は動き、堀河院にいた円融天皇と久々の対面をすることになった。

八月には再建中の内裏が完成する、これを機に自分は譲位し、春宮に位を譲る。ついては、懐仁親王を次の春宮にしたい――天皇は縷々《るる》、こう述べたという。

自分の思いと一致する考えを、天皇の口から直々に聞いて、父はようやく安堵したかに見えたのだったが。

永観二年八月二十七日。

御代替《みよが》わりとなり、同時に、新造成ったばかりの内裏で、新天皇の時代が始まったが、父の真の野望と執念が発揮されたのは、むしろここからだった。

聞きたいか？　ま、その前に、一杯だ。今日はギムレットにしよう。行成のシェーカーさばきが見たいぞ。

二　式部、父の悲運に振りまわされる

ご幼少の頃、道長さまにはそんな思い出がおありだったのですか。歴史は繰り返す――ありふれた言い回しですけど、そう思いながらお聞きしました。

道長さまのような壮絶な話じゃありませんけれど、「きょうだい」というと、私にも必ず思い出すことがありますわ。

ねえ、お客さま、あなたも一度くらい、「自分が男だったら良かったのに」って思ったこと、あるんじゃないかしら。私の子ども時代の思い出も、良かったらちょっと聞いていかない？　干しイチジクにゴルゴンゾーラを添えてお出ししましょう、今召し上がっているカンパリソーダにもよく合うと思うわ。

春宮さまの副侍読をつとめて以後、父為時は、息子の惟規（私の弟です）に、熱心に漢籍を教えるようになったの。

父はまず自分が読み上げて聞かせては弟に復誦させて、同じところを何度も何度も教えていました。でも……。

「当《まさ》に石に枕し流れに漱《くちすす》がんと欲す、とすべきを、誤りて言う、石に漱ぎ流れに枕す、と。さあ、読んでごらん」

「と、と……マサにイシにマクラしナガれに……ナガれに……」

「なんだ。漱も読めぬのか。もう何度も出て来ている字ではないか」

「は、はい。えーと」

弟があまりに読み進められないので、つい私はじれったくなって、横から本をのぞき込み、続きを読み上げちゃったの。

「済曰く、流れは枕すべきにあらず、石は漱《すす》ぐべきにあらず。楚《そ》曰く、流れに枕する所以《ゆえん》は、その耳を洗わんと欲するなり。石に漱ぐ所以は、その歯を研《みが》かんと欲するなり」（『蒙求《もうぎゅう》』）

漢字ばかり並ぶ書物は一見とっつきにくそうに見えるけど、言葉の並ぶ順序や、特定の文字が出て来た時の決まり事なんかは、少しコツが分かってくるとどんどん読めてきて、楽しくなるのよ。唐土《もろこし》の古い文章ってなんて面白いのかしら！　なーんて思っていたのは、でも残念ながら弟ではなく、私の方でした。

「息子でなく、娘の方にかような才があるとは……。そなたが男子でなかったのが、私の最大の不運かもしれぬ」

褒めてもらえると思って本を読み上げた私は、父がこう歎いた（『紫式部日記』消息文）のを聞いて、「そうだ、私は女なのだ」としみじみ悲しくなったわ。

これ以後、弟の勉強に口を挟んだりするのはやめましたけど、漢籍を読むことそのものはやめられませんでした。なぜって、ただただ面白かったんですもの。

そうね、現代の方でも、ほら、ミュージシャンの方なんかで、幼い頃から洋楽にハマってどんどん聞いてた、みたいな話があるでしょう？　そんな感じかしら。

父が弟に教えるために使っていた「蒙求」「千字文《せんじもん》」「李嶠《りきょう》百二十詠」などの易しい書物から始まり、やがて唐土に伝わる正史の書である「史記」「漢書」「後漢書」、それに詩文集の「文選《もんぜん》」……。

歴史や文学って、本当に魅力的ね。人間の幸いや悲しみ、賢さや愚かさ。多くの人々の心の営みがそこにはあります。もちろん日の本のものも読みましたけれど、なにしろ、唐土の方が歴史が古いから、書物の数も圧倒的に多いですし。

こうした書物を読むようになってから、私は父から宮中のお話を聞くのが、とても楽しみになりました。

天皇さまのところに入内《じゅだい》された尊子内親王さまは、先代の斎院さま（賀茂神社にお仕えする皇族女子のことです）もつとめた高貴なお方なのに、なぜかこの方が入内すると宮中で火事が起きると噂になり、「火の宮」というひどいあだ名で呼ばれるようになってしまった、とか――。

上皇さまの女御さまが、庚申の夜に眠るように突然お亡くなりになって、右大臣さまが悲しみに沈んでいらっしゃる、とか――（これは先ほど道長さまがお話しなさっていましたね、お気の毒に）。

また、天皇さまが、皇子さまをお産みになっていない方の女御さまの方を、中宮になさった、その背景には、関白さまと右大臣さま、それに天皇さまの間の難しい関係があるらしい、とか――（こちらについては私からは何も申し上げようがありません）。

父は真面目な人だったから、面白おかしく噂するというわけではないのだけれど、淡々と切れ切れに仄《ほの》聞く、上《うえ》つ方《かた》の人々のかようなお噂は、私にはあれこれと想像をめぐらせる、格好の素材でした。

そんな日々がしばらく続いた頃でしたかしら。

「とうとう、御代替わりだ。春宮さまが、帝の位に即かれる」

永観二（984）年八月。

先ほど道長さまのお話にもありましたけれど、円融天皇がご譲位になりました（『日本紀略』）。そして、十月には、父が副侍読をつとめた春宮さまが天皇となられ、新春宮には、右大臣の女御さま（道長さまの姉上の、詮子さまですね）がお産みになった懐仁親王さまがお立ちになりました。

「これで、次の司召《つかさめし》は期待できる……」

司召とは秋の除目、つまり人事ね。この頃、除目は原則年に二回で、春の県召《あがためし》では地方官（国司など）が、秋の司召では京官《きょうかん》（中央省庁の官僚）が任命されることになっていました。

十月のある日、父は顔を輝かせて家に戻ってきました。

「式部丞《しきぶのじょう》と、蔵人を兼ねることになった」（「小右記」永観二年十二月八日条）
式部丞は、式部省の三等官。式部省は大学の学問などを担う役所ですから、生真面目な父にふさわしい官職だし、しかも蔵人も兼ねるなんて！
蔵人と言えば天皇の側近です！　官位は六位なのですけれど、蔵人だけは特別に、六位でも殿上の間に上がることができるの。素晴らしいでしょ？　文書の作成が主なお仕事の一つですから、こちらも父にぴったり。姉も私も喜びました。
父も毎日、やりがいを感じていたようで、こんな歌が残っています。

遅れても　咲くべき花は咲きにけり　身をかぎりとも思ひけるかな
たとえ咲き遅れても、咲くはずの花は咲くのだなあ
私は自分の身をもうこれまでと思い込んでしまっていたことだ
「後拾遺和歌集」春下147

蔵人になった翌年の春に、道兼さま（道長さまの兄上）のお屋敷で詠んだものです。道兼さまは当時頭中将でいらっしゃいました。近衛中将と、蔵人を兼ねていらした道兼さまは、以前の父ならばとてもお近づきになれる若殿さまではなかったのに、このときはお屋敷に招かれ、桜を惜しむ宴に参加していたのでした。

ところが、父のこの喜びの花は、次第に怪しい色を帯びていくことになるのよ。

「帝は、政にはもちろん、書画にも歌にも通じておいでで、素晴らしい方なのだが……」

父の言葉の末が、どうにもごにょごにょと濁る日が続くようになりました。

新しい天皇――花山《かざん》天皇と申し上げます、十七歳の若さで即位なさったこの方は、文化芸術全般に造詣の深い、素晴らしい方だったと父は繰り返していましたが、それらに注ぐ情熱以上に、女性への情欲も激しかったらしいわ。

公卿や皇族方からのお申し出を待つのでなく、ご自分から積極的にお声をかけて、矢継ぎ早に何人も、女御さまを入内させていたんですって。

そうして、後宮に入られた方々が、同じようにご寵愛《ちょうあい》を受けていたなら良かったのでしょうが――どうやら違ったみたいなんです。

例えば、お一人だけを急に、むやみやたらと昼夜構わずべたべたと側に置いたかと思うと、ほんの二、三ヶ月で掌を返したように冷たく放置してみたり、宮中の習慣を破って、ご懐妊中の方をいつまでもお側に留め置こうとしたりなど、およそ穏やかでないやり方をされたの。

こんなことを繰り返していると、大臣方から何をどう利用されるか分からない――父はよくそう言って心配していたのですが、果たして、それが現実になってしまう日が来てしまいました。

寛和二（986）年六月二十三日（「本朝世紀」）。

おつとめから戻ってきた父は、がっくりと肩を落としました。

「帝が、出家してしまわれた。御代替わりだ」

「え？　なぜですか」

まだ十九歳、位に即かれてまだ二年にもならない帝が、その尊い座を捨てて仏道に入ってしまわれるとは。いったい何があったというのでしょう。

「理由は分からない。ただ」

「ただ？」

姉と私は、父の次の言葉を、恐る恐る待ちました。二人とも、そろそろ縁談があっても良い年頃になっていました。

「私は失職した。分かっているのは、それだけだ」

蔵人も式部丞も失った父は、この日から約十年もの長きにわたり、「散位《さんい》」としてわびしく過ごすことになったのです。

散位ってね、位はあるけれど職のない者っていう意味よ。悲しい言葉でしょ。

あら！　ま、何の騒ぎ？　やめてくださいな、お店のドアを蹴破《けやぶ》って入ってくるなんて。お客さまに乱暴しないでくださいよ。

ここは私の大切な店です。警察を呼びますわよ！　いくら花山法皇《ほうおう》さまでも。

三　花山天皇、本音をポロリ

ふん。呼べるものなら呼んでみよ。私は法皇だぞ。

なんだ道長、かようなセコい店で塒《とぐろ》を巻いておるのか。ま、おまえはあの頃まだ小童《こわっぱ》であったからな、私が譲位した時の詳しいことは知るまい。

せっかく来たから聞かせてやる。私、花山が、なぜ天皇の位を去るに至ったか。式部、テキーラを出せ。注文すれば客だろう。行成！　まどろっこしいな、ストレートでいいんだ。お、クエルボ・エスペシャルか。ライムと塩も用意してくれたとは、さすが行成、気が利くな。よし、しっかり語ってやろう。

私はここにいる道長の父兼家と、兄の道兼に騙されたのだ。なに、人聞きが悪い？　ふん、道長のくせに、よくそんな台詞が言えるものだ。

私、花山法皇は、太政大臣の頼忠とも、道長の父兼家とも、実は縁が薄い。

私の母、懐子は、兼家の長兄、伊尹の娘だ。気の毒なことに、私を春宮に立てるために奔

走した伊尹も、母懐子も、私が天皇として即位するのを、その目で見ることなく亡くなってしまった。

　よって、私が外戚として頼れるのは伊尹の息子の義懐（懐子の弟。花山天皇には叔父）、そうそう、ここにいる行成の叔父でもあるな。この義懐は何しろまだ二十八歳と若く、私が即位した時にはまだ従四位上で、中納言どころか、参議にもなっていなかった。道長の兄の道隆よりも年少で、官位も下だったのだ（「公卿補任」永観二年条）。

　外戚が弱い天皇は、どうしても在位が短くなりがちだ。まわりから「早く譲位してくれ」という圧力がかかって、身動きが取れなくなるからな。

　しかし、私は頼忠や兼家のようなジジイどもに唯々諾々と従う、お飾りの天皇にはなりたくなかった。そこで思い切って若い者を登用したのだ。

　義懐を蔵人頭《くろうどのとう》とし、もう一人、蔵人の任にあった藤原惟成《これなり》と共に重用して、通貨流通についての法令や荘園の増加を抑制する法令などを次々に出した。

　案の定、それは長老たち――関白太政大臣頼忠は六十一歳、左大臣源雅信《まさざね》は六十五歳、そして右大臣兼家は五十六歳――の不興を買った。

　ジジイどもの反応は百も承知だった。それでも、私は自分の意を通したかった。

　後宮にしてもそうだ。大臣たちの顔色を窺って女たちの機嫌を取るのではなく、自分が心から愛せる女を探そうと思ったのだ。だから、評判の良い女と聞くと、片っ端から後宮へ召し出すことにした。

永観二（984）年十月二十八日に大納言藤原為光《ためみつ》の次女忯子《しし》（「小右記」）、十二月五日に同じく大納言の藤原朝光《あさみつ》の女姚子《ちょうし》（「日本紀略」。「栄花物語」「大鏡」では姫子《きし》とされる）、さらに十二月十五日には頼忠の三女諟子《しし》（「小右記」）と、立て続けに女御を三人、後宮へ入れた。

はじめに気に入ったのは、姚子だった。一ヶ月ほどは毎日のように側へ召した。だが、なんというのかなー、そう、飽きてしまったのだ。どの女もちょっと慣れてくると、自分の実家を贔屓《ひいき》してほしいと態度に出してくるってゆうか、もーそーなると興醒《きょうざ》めなのだ。

姚子の次に気に入ったのが、忯子だった。

忯子は……本当にイイ女だった。あんなイイ女はもう二度と出会えまい。

しかし彼女は、寛和元（985）年七月十八日に、あろうことか私の子を身ごもったまま、死んじゃったのだ（「小右記」）。

彼女を亡くして、私は深い深い悲嘆に沈んでいた。生まれてくるはずだった子どものことなど思うと、堪らなかった。今思い出しても……。

ただな。天皇の私情というのは、利用されやすい。

もうすぐ彼女の一周忌という頃、蔵人の一人だった道兼、つまり道長の次兄が、私にこう囁《ささや》いたのだ。

「上さま。世というものは儚いものでございますなあ」

ヤツはこう言うと、深々とため息を吐き、ほろほろと涙まで流して見せたのだ。この涙に、私はつい騙されてしまった！

忯子が死んでからというもの、義懐も惟成も、ひたすら私の心を天皇としての責務に向けさせようと必死だったから、道兼のこうしたしみじみした風情が、かえって私には好ましく映った。それがまさか、私を陥れる偽りの姿とも知らずに。

「忯子が死んだのは、やはりどうしても私のせいだとしか思えぬのだ。しかも身ごもったまま死んだ女は、成仏できぬというではないか。いったいどう償《つぐな》ってやればいいのだろう」

私はつい、道兼にかような心の内を明かしてしまうようになった。

「いっそ、ご出家なさって、菩提《ぼだい》を弔《とむら》ってはいかがでしょう。私も共に参ります。ここにおります厳久《げんきゅう》が、仏の道へ導いてくれます」

あとから思うと、よくもああ嘘八百口からでまかせが言えたものだ。厳久というのは、私を丸め込むために道兼が抱き込んだ天台宗の坊主だ。

寛和二（986）年六月二十二日深夜、私は道兼と厳久に付き添われて、そっと内裏から出奔《しゅっぽん》、山科《やましな》の元慶寺《がんけいじ》へ向かった（「扶桑略記」「一代要記」）。

ところが、だ。

厳久が私の髪を落とし、戒《かい》を授けたのを見届けると、道兼はその場を逃げ出したのだ。

「一度父に会って参ります」と言って。

騙された――そう悟ったが、もう、遅かった。

せめてもの救いは、あとから駆けつけてくれた義懐と惟成とが、本当に私の後を慕って出家してくれたことだ。

なあ、道長。まだそなたが青二才の頃のことだから言ってもしょうがないが、これはすべて、お前の父が裏で糸を引いていたことなのだぞ。

おい。どうなんだ。若い娘の陰なんかに隠れてないで、なんとか言え！

お、なんだなんだ、そなたら、道長の従者か？　私を店から引きずりだそうというのか！

この野郎！　また来るぞ！

四　道長、父の豪腕にうなる

やれやれ。盾にして悪かったな。式部、法皇さまは、転生なさってもまるでご性格が変わらぬらしい。それにしても、二つ年上の私を小童だの青二才だのと。

まあ、父の描いた筋書きのとおりにはまったのだろうな。当時の役割分担を、後から異母兄の道綱《みちつな》兄に聞いたことがある。

道兼兄は「自分もお供していっしょに出家する」と花山天皇を唆《そそのか》し、内裏から出奔させ、厳久とともに連れて行く。

道綱兄は、三人が内裏を出たのを見届けると同時に、帝位の象徴である三種の神器を密かに持ち出し、春宮の御所——梅壺（凝花舎）のことだ——まで運ぶ。

父は、梅壺に詰めていて、道綱兄から神器を受け取る。同時に、道兼兄が成り行きでいっしょに出家させられてしまわないよう、源満仲《みつなか》やその子頼光《よりみつ》ら、武家の者に密かに命じ、護衛として山科へ行かせる。

当日の役割分担と手はずはどうやら、以上のようなものだったらしい。

これを受けて、翌日にはまだ七歳の幼い天皇——一条天皇と申し上げる——が即位した。

新体制の最初に父が行った人事は、さらに驚くべきものだった。

「私は右大臣を辞し、摂政に専念する」

幼少の天皇だから摂政が置かれるのは通例だが、右大臣より上位に太政大臣の頼忠どの、左大臣の源雅信どのがいるのをどうするつもりだろうと、私は実は内心疑問に思っていたのだ。ところが父はそれを、誰もこれまでに思いつかなかった方法で、解決してみせたのだ。いや、ねじ伏せたと言うべきか。正直、そんな手があったかと思ったものだ。

しかもこの地位の裏付けとして、自分の「位」を「従一位」に叙することと、さらに「准《じゅ》三宮《さんぐう》」（太皇太后・皇太后・皇后の三后に准じた処遇）も得て、明らかに頼忠どの、雅信どのよりも上の身分となるよう、画策していた（「公卿補任」永延元年条）。我が父ながら、なんとも見事な策略としか言いようがない。

こうして始まったのが、世に言う「一条朝」だ。

いかがかな？

紫式部や清少納言の活躍する華やかな御代とは、かようなどす黒い陰謀で始まったのだ。

そのことをどうか忘れるなよ。


あらあら、道長さま、ふらついていらっしゃる。花山法皇さまの毒気に当てられちゃったかしら。

行成さん、道長さまが車にちゃんとお乗りになれるよう、表までお送りして。

あ、お客さまもお帰りになる？　せっかく二度目のご来店だったのに、こんないろいろてんこ盛りで、ごめんなさいね。

でも、良かったら、また来てくださいな。一度目は初会、二度目は裏、三度目からが馴染みって言うでしょ？　あら、それは江戸時代の廓《くるわ》の言葉？　ま、それでもいいじゃない。お待ちしています。

第三夜　結婚にまつわるモヤモヤ

一　式部、姉妹で婚期を逃す

良かった、懲りずにまた来てくださったのね。しかもクリスマスイブの夜にここを選んでもらえるなんて、光栄だわ。

先日の花山法皇のお話は、あまり後味が良くなかったでしょう。政治向きの話は、どうしてもね……。ただ、これからは道長さまご自身が当事者のお話が多くなると思うから、そのつもりでいらしてね。

私もね、あの後、改めて、父の為時が哀れになっちゃって。だって、あんな企みが進んでいるとはつゆ知らず、道兼さまのお屋敷に招かれて、長閑《のどか》に歌など詠んでいたのですもの。

さて、新しい帝、後には一条天皇と申し上げますけど、この方は即位なさった時、七歳でいらっしゃいました。父君は円融天皇さま、母君は詮子さまでいらっしゃいます。

そうそう、以前、詮子さまを差し置いて中宮になられた遵子さまの方は、結局ずっと一人の御子さまにも恵まれないと聞いてます。口さがない人たちは、それは遵子さまの弟君、公任さまの失言の報いだなんて噂していたそうです。

なんでも公任さまは、中宮に決まった遵子さまが、一度ご実家へ下がって、改めて宮中へ向かうめでたい行列のお供をつとめた際、詮子さまのことを「あちらの女御はいつ立后なさるのかな」などとずいぶん見下した放言をなさったんだとか（「大鏡」太政大臣頼忠伝）。ずいぶん上から目線でものを言っちゃったみたいね。

それにしても、なぜそんな愚かしいご発言をなさったのかしら。詮子さまが帝の母として皇太后になられたなら、両家の立場はあっという間に逆転してしまうのに。いつの世も、口は災いの元ね。

でも、逆転と言えば、新しい帝さまと春宮さまも、不思議なご関係です。

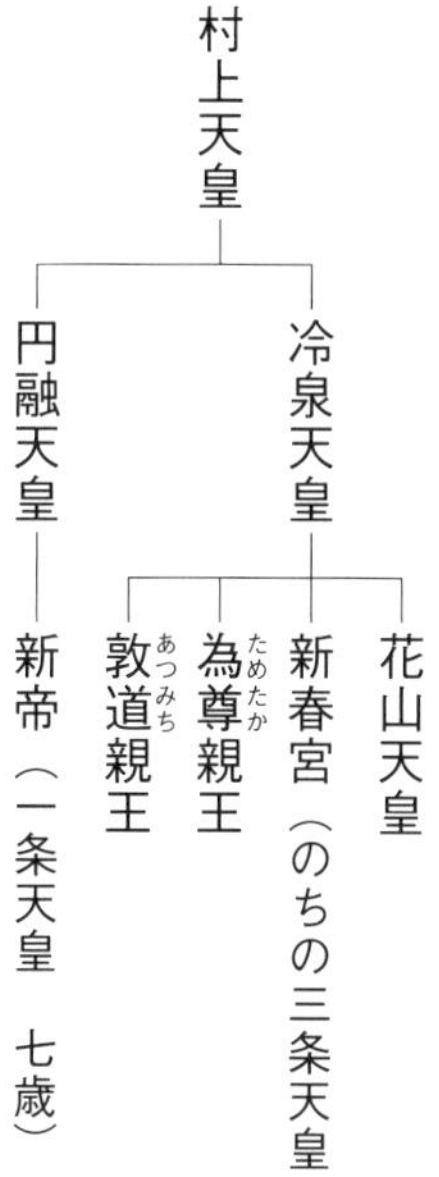

簡単な系図を書いてみました。新しい帝と新春宮さまは、お父上同士が兄弟ですから、従兄弟ということになります（ついでに申し上げておくと、春宮さまのお母上は超子さま、天皇さまのお母上は詮子さまで、こちらも姉妹。なんだか複雑ですけど、この時代にはありがちなことです）。まあそれは良いのですけれど、実は年齢は一条天皇が七歳、春宮が十一歳だとか。

天皇さまよりお年上の春宮さまなんて！

「ねえお父さま。かような先例はこれまでにあるのかしら」

思わず父にこう尋ねると、父は嫌な顔をしました。

「さようなこと、女子のそなたが知らずとも良い。賢《さか》しらな」

不機嫌そうな声。私は思わずはっとしました。そうでした。

――女子は、歴史の先例になど興味を持つものではない。

「女だてら」っていうイヤな言葉は、現代ではもう死語になった？　それともまだまだ、しぶとく生きているかしら。

とはいえ、振り返ってみると、当時の父の気持ちはよく分かります。

新帝の御代となって、出世の糸口を見いだせなくなってしまった父。これまでのように、宮中で見聞きしたあれこれを、娘に話してやることももうできない。そんな父にとって、上つ方の人々のご様子にやたらと興味を持つ私のような娘は、さぞ煩わしく思われたことでしょう。

以後、私は、姉と二人、ひっそりと寄り添って過ごす日が多くなったけれど、有り難かったのは、近所に似たような境遇の姉妹がいて、折に触れて手紙を書き交わしたり、たまには互いの邸を訪れたりといった交流があったことね。

「私たち、どうなるのかしらね」

ある時、姉がふと心細そうにつぶやきました。

「どう、って？」

「このまま、ここで朽ち果てるのかしら」

「お姉さま。なんてことを」

「だって、このままずっとお父さまが無官だったら、私たち、きっとまともな結婚は難しくてよ」

それはそうかもしれない、と思いました。

当時の結婚では、妻側の家が、男性の暮らしの面倒を見なければならないの。家に経済力のない女は、仮に誰か言い寄ってくる殿方があったとしても、正妻として扱ってもらえないことが多かったのです。それどころか、決して社交的とは言えないあの父の娘では、男性たちに存在を知ってもらうことさえ難しく、殿方と出会う機会さえないかもしれません。

一夫多妻？　いえいえ、それは違います。律令の規定は一夫一妻。その意識は明確にありましたよ。だって、正妻とそれ以外の女とでは、住まいや子どもの待遇とか、そうした扱いにはっきり差が付くんですもの（工藤重矩『源氏物語の結婚』）。

ただ、男性が正妻以外の人と関係を持つことに、世間がとっても寛容だったから、ちょっと見ただけでは一夫多妻に見えたのかもしれませんね。現代の方から見るときっと不思議で分かりにくいんでしょうけれど、正妻じゃない女性とも、三夜続けて通って所顕《ところあらわし》（翌朝行われる宴。婚姻成立を披露し祝って、婿やその従者をもてなす）をするなんていう、現代で言う披露宴みたいなことをする男性が決して珍しくはない時代だったんです。

だから、姉のような不安を抱く若い女は多かったのでしょう。

私の方は、心密かに、「私のような女はきっと一生結婚できない。いや、しなくてもいい」ともうずいぶん前から決め込んでいたので、姉の不安を少し、距離を置いて眺めているようなところもありましたけれど。

「良いわね。こんなふうに、素敵な貴公子が私たちを見つけてくれたりしないかしら」

姉がそう言って私に見せたのは、「伊勢物語」でした。在原業平《ありわらのなりひら》は、田舎の女にも、年老いた女にも優しく恋を語る、雅な貴公子だと言います。

「でもお姉さま。相手が業平さまでは、まともな夫婦として暮らしたりはできなくてよ。すぐにふらふらとどこかへ行ってしまうわ」

「それもそうね。じゃあ、これはどうかしら」

姉と私は、さまざまな物語を手に取っては、熱心に話し込みました。

仮名で書かれた物語たち。当時は〝おんなこども〟の娯楽とされた、作者の名も分からぬ冊子を、友人たちと貸し借りし、時に気に入ったものはみずから書き写して手許に残したりする日々は、それなりに楽しくはありましたが、物語の内容そのものは、漢籍をたくさん読んでいた私には物足りなく感じられました。

「貧しい暮らしをしていて、貴公子に見いだされて、幸せになる、なんて。ありえないわね！」

ある日姉が、物語の冊子をばさっと投げ捨てました。あれは多分、姉が二十歳を一つか二つ、過ぎた頃だったかしら。

姉にはいくつか縁談があったのですが、どれも気に入らなかったみたい。明らかに初めから正妻ではない扱いが前提だったり、お相手がずいぶん年上だったりと、気の進まないのも無理はないと私も思っていたもの。

現代でも、少し前までは、女性は〝クリスマスケーキ〟なんて馬鹿にした言われ方をされた頃があったのよね。独身だろうと既婚だろうと、本人が幸せならどっちでも良いことなのに。お客さまはけっこうモテそうだけど、どうなの？　あ、良いのよ、正直に答えなくても。

でも当時の私と姉はきっと、まわりからは、貧乏なくせに気位が高い、身の程知らずの不幸な女たちって思われていたわね。どうしても、「曽祖父さまはあの堤《つつみ》中納言よ」という気持ちが捨てきれなくて、知らず知らず、分不相応な選り好みをしていたのかも。私が結婚なんてしなくても、とまで思い詰めてしまったのも、きっと同様です。

堤中納言――曽祖父の兼輔《かねすけ》は、娘を醍醐《だいご》天皇の後宮に入れたくらいの人なんです（更衣ですけれどね）。しかも、その娘の母、すなわち兼輔の妻は、なんと右大臣の娘でした。藤原定方《さだかた》と言います。

そんな、ちょっと血筋を遡ったところにけっこう身分の高い人がいたという事実が、私たちに妙に卑屈な自尊心を植え付けていて、今思えばそれでいっそう縁遠くなっちゃったのかもしれないわ。

若い頃は帝の後宮に入る話もあったほどなのに、結局、地方勤務がメインのお役人の後妻に収まった、自制心の強い空蟬《うつせみ》。身分の低い男と結婚するくらいなら海へ入って死んでしまおうとまで思い詰めていた、祖父は大臣なのに、自分は田舎育ちの明石《あかし》。「源氏物語」に出てくるこんな女たちに、私は自分や姉の若い頃の思いを、あれこれと背負わせていたのでしようね。

「ねえ、一の人から求婚されても、こんなに嘆くばかりの暮らしでは悲しいわね」

その頃、友人から借りた冊子の中に、一つ珍しいものが交じっていました。

姉が読んで思わず声を上げた「蜻蛉日記」というその冊子は、作り話ではなく、あの兼家さまと結ばれた女性が書いた、体験の告白のような文章でした。

「幸せ自慢みたいにも読めるけど……。でもやっぱり、どうなのかしら」

そこに書かれていた兼家さまは、父から聞いた陰謀家の大臣ではなく、良くも悪くもおおらかな大貴族といった風情でした。やはり天下を上り詰める人というのは、さまざまな顔をお持ちのようね。

こんなふうにして、私の若き頃は、淡々と過ぎていったの。

あら、見慣れない素敵なマダム。お客さま？　あ！　もしかして、太后さま？

ここへおいでくださるなんて！　なんて名誉なのかしら。

二　詮子、弟の恋愛をドヤす

弟が近頃ずいぶん入り浸っている店があるというから、来てみたのよ。式部の店だったのね。こぢんまりと、悪くない店じゃない。

あら、お若い、現代女性のお客さまね。こんなお店、面白い？　なら良いのだけれど。ところで、あなた、独身？　とかっていきなり聞くのは、現代ではセクシャルハラスメントって言うのよね。良い時代になったものね。女とみれば結婚だ出産だって話ばかりされるのは、心外だもの。

弟は今日はまだ？　じゃあ、少し私から話しても良いかしら。ここならたっぷり昔話ができるって聞いたのよ。そうね、シャンパン・カクテルをもらうわ、クリスマスイブだもの。

寛和二（986）年六月二十四日、ついに父兼家が摂政の座を手中にしたわ。その翌月には、当然のごとく、私、詮子が皇太后となりました。中宮を経ずに皇太后になるのは異例だけど、私にしてみれば、ようやく本来の自分が取り戻せた思いだった。

七月九日、私の乗った輿《こし》が、多くの供を従えて東三条殿を出発し、宮中へと向かいました。皇太后としての最初の儀式よ。

后の行列だから当然、正式な宮中行事としての警護が付く。ただ、どういう巡り合わせか、あの公任がその任をつとめることになって、人々の注目が集まることになったわ。彼は近衛府の次官だったから、それは自然のなりゆきなのだけど、なにしろ以前、遵子どのが中宮になった折、ずいぶんな放言をして私や父を怒らせたのは、世間では周知のことだったから、その場で何か起こるのではと、みな興味津々でね。

で、やっぱり起きたのよ。コトは。

「あの、もし」

美々しく飾られた牛車の簾《す》から、扇《おうぎ》が差し出されるとともに、公任どのにこんな声がかかったの。私に仕える女房たちが乗っていた車よ。公任が何事かとその車の側に歩み寄ると、女の声がこう言い放ったわ。

「姉君のスバラの后は、今日はどちらにおいででしょうか」

分かる？　スバラは素腹。遵子どのが子を産んでいないのを言ったの。言ったのは私の側近の一人で、進内侍《しんのないし》って呼ばれてた女房よ。

現代ならさぞ批判を浴びてそれこそ「炎上」するでしょうね。でも、前の意趣返しだってことは明白だから、公任も返す言葉がなかったみたい（「大鏡」太政大臣頼忠伝）。

さすがに、いくらなんでも言い過ぎではと、進内侍を咎《とが》める者もあったらしいけど、父などはあとでこれを聞いて「よくぞ申した。褒めてつかわす」と、たいそう面白がって、何度も「スバラ、スバラ」と繰り返していたそうよ。

やっと手に入れた我が世の春。

父は、自分に力があるうちにと思ったのでしょうね、次々に子どもたちを高い地位に就けていった。

一条天皇の即位から一年余が過ぎた頃には、長兄の道隆が正二位権大納言、次兄道兼は正三位権中納言、そして異腹の兄の道綱と弟の道長は、非参議ながら従三位に列していた。二十七人しかいない公卿のうち、五人が兼家とその息子というわけね。しかも、道長と同じ非参議の従三位にはもう一人、父の異母弟である遠度《とおのり》という人がいて、この人は常に父の言いなりになるような人だったから、さまざまな定めの場でも、まるで身内で決めているも同然だったんじゃないかしら。

「そなたもそろそろ、正式な妻を持つことを考えよ。もはや公卿なのだから、誰にも遠慮は要らぬぞ。子は多い方が良いしな」

その頃父は、道長を呼びつけては、こんなことを言っていたらしいわ。

「せっかくあの公任より上位になったのだ。宮中でももっと堂々とせよ。気になる女子はないのか。なんなら先方の家と交渉してやっても良いぞ」

政でも女でも、父が豪腕なのはよく知られていたから。父の落胤《らくいん》と名乗り出てくる者も幾人かあったし。

さすがの父も、母が亡くなった後は、誰かを正妻にという気にはなれなかったらしいわ。「蜻蛉日記」を書いた人とは母が亡くなる前に関係が切れていたようで、他にどこかへ通っている様子もなかった。その代わり、召人《めしうど》を何人か持っていて、身のまわりのことなどはその女たちにさせていたみたい。ああ、召人って、女房として仕えている者の中で、男女の関係にある者を言うのよ。父の召人、少なくとも三、四人はいたのではないかしら。一人は子どもも産んでいるくらいだし。

さて、道長の返事はこうよ。

「あ、いえ。しかるべき時は、ご相談申し上げますので」

あの父にこう言えるなんて、たいした度胸だけど、弟は、結婚についてはあまり父の力を借りたくなかったみたい。その代わり、私にはずいぶん相談してくれていたのよ。

実はこの頃の道長には、すでに深い仲になっている女子がいて、その子は、私とは深いつながりがあったの。名は明子《めいし》といって、あの源高明《たかあきら》どのの次女よ。

え、源高明どのを知らない？　困ったものね。どうしましょ。

あら、行成、説明してくれるの？　助かるわ。でも、手短かにね。

行成コーナー

源高明という人

承りました。その前に、お客さまもシャンパン・カクテル、いかがですか？　これならケーキにも合いますから。ああ、今日はママがケーキ、出してくれるはずですよ。

さて、源高明ですが、この人は、源という姓からも分かるとおり、皇族の血を引いています。しかも一世の源氏、すなわち、もとは皇子で、父は醍醐天皇という、品高き方です。

ただ、いささか政治家として目立ち過ぎたのでしょう。高位に昇った上、天皇家とも近くなりすぎたために、藤原氏、当時実権を握っていたのは、実頼《さねより》どのと師氏《もろうじ》どの（この二人は道長さまから見ると祖父の兄と弟に当たります）のお二人ですが、彼らに疎まれて、謀反の疑いをかけられて大宰府へ左遷されたのです。安和《あんな》二（969）年に起きた政変なので、一般には安和の変と呼ばれています。

なに、菅原道真みたいですって？　ああ、そうですね、現代の皆さんにはそちらの方

が有名でしょう。学問の神ですからね。あちらは昌泰《しょうたい》四（901）年の話です。源氏と菅原氏とではいくらか事情が違いますが、まあだいたい、似たような例と言えますね。

さて、なぜその源高明の娘と道長が結ばれたかというと。

明子は、父親が大宰府へ流されてしまった後、叔父である盛明《もりあきら》親王さまの養女になったのですけど、この養父も寛和二年に亡くなってしまったの。それで私は、明子を自分のもとに引き取って、暮らしの面倒を見ることにしました。

なぜって？　そうねえ、自分でもはっきりとは言えないのだけど、自分の一族がやってしまったことを、少しでも償えればというような気持ちかしら。後から出てくる道長の娘の彰子《しょうし》もそうだけれど、強い権力をふるった父を持つ娘たちって、どこかでそのイメージをいくらか自分が緩和したいって思うのよね。后になった女の宿命かもしれないわ。

東三条殿に引き取られた明子は、「宮《みや》の御方《おんかた》」と呼ばれていました。女房のような、娘分のような存在かしら。とても美しい人だったから、すぐ存在が噂になったみたいだけど。

ただね、明子を狙う男は大勢いたの。美しいとの評判はもちろんだけど、明子に近づけば皇太后となった私にも近づける、と考えた男も多かったんじゃないかしら。

でも、文をよこした男の中に、道隆兄がいたのにはなんだかいやな気持ちになったわ。

ただ、道長が近づいてきたのは、悪い気はしなかった。まあ彼なら良いかなと思ったの。

私が黙認しているのが分かったからでしょう、道長は、明子のもとに三夜続けて通い、二人の間柄を公然のものとしたわ。

そんな時よ、私が道長を呼び出したのは。

「道長。明子のこと、私が、兄上は断固はねつけて、そなたのことは黙認した、その真意は、分かっているかしら？」

「ええ。まあそれは……」

「今となってはこれといった後見者もない人だから、もとの身分が高いとは言っても、彼女が誰か、歴とした人の正妻になるのは難しいでしょう。そなただって、明子を正妻にとは思っていないのでしょ？」

長兄の道隆は、父から多くの恩恵を受けることができる。自分の昇進だけでなく、長男の伊周《これちか》の昇進だって思いのままだった。

でも、五男に生まれた道長は、家族を作るのもこれから。父がもう五十九歳になっていることを思えば、この先、兄や従兄弟たちに引けを取らぬよう政界を渡っていくためには、それなりの家で大切に傅《かしず》かれている娘を正妻にして、その家の経済や人脈を有効に活かす方が、彼にとっては望ましいでしょう。

「私としては、できるだけ明子を惨めな境遇に落としたくないの。彼女の母の愛宮《あいのみや》は、父上の異母妹でもあるのだし」

もし祖父の師輔がもう少し寿命を保てていたら、安和の変は起きずに済んだかもしれないと思うと、つくづく世の中って何がどうなるか分からないと思うわね。

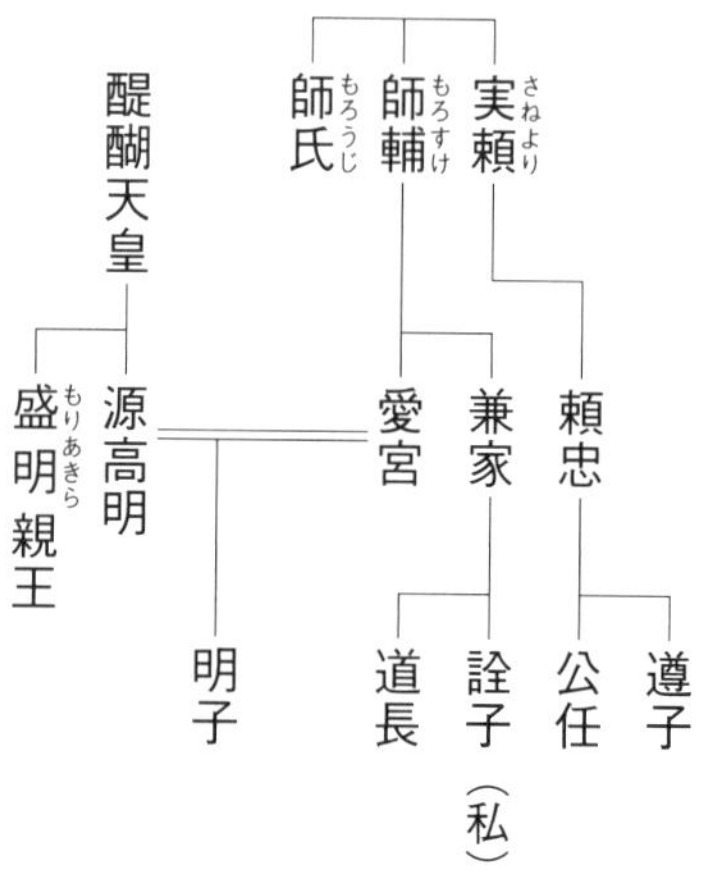

「皇族にせよ貴族にせよ、品高く生まれた女が、最後までその品位を保つのがいかに難しいことか。明子だって、もし私がいなかったら、どこかの家の女房づとめに出る羽目になって

いたかもしれないでしょう」

　私に仕えてくれる女房たちにも、本来ならお姫さまだったはずの人がずいぶんいました。

「ともかく、そなたならば、他に正妻を持っても、明子のことを粗略に扱って、私の顔を潰すような真似はしないだろう、そう見込んだから許したのよ。兄上なんかに許したら、明子があの高内侍《こうのないし》より下に扱われることになるじゃないの。それだけは許せないわ」

　実は私、兄の正妻である高内侍こと高階貴子《たかしなのきし》のことがどうにも好きになれなくて。円融天皇が、高内侍の文才を愛でて、たびたび宮中の宴に出席させていた（「大鏡」内大臣道隆伝）けど、なんとなく感じが悪いなと思っていたの。

　ともあれ、道長がいったい誰を正妻にするつもりなのか、明子のためにも私はぜひ聞いておきたい、というのが、呼び出した理由でした。

「で、そなたは、どこの娘を正妻にしようと思っているの。もう決めているのでしょ。明子のことは許してあげたのだから、それくらい正直に言いなさい」

「実は……」

　道長は、女房たちにも聞かれぬよう、小さい声でそっと囁きました。

「まあ、それは良い人に目を付けたこと。その方なら、明子の上に立たれても、まあ良しとしましょう」

　そうは言ったものの、すぐに首を傾げてしまいました。

「先方が認めてくださるかしらねえ。……うまくいくよう祈っているわ」

ずいぶん高望みのように思えて。逆に言えば、それだけ、道長の結婚相手を選ぶ目は確かだなと思ったわけですけど。

あら、本人が来たわね。何よ、そんな鳩が豆鉄砲を食らったような顔をして。

さ、倫子《りんし》どのの婿の座をどうやって手に入れたのか、ここで白状なさい。

三 道長、年上の女たちにタジタジ

なんだなんだ？　いきなり姉上の暴露話とは。式部ママの店、流行りすぎじゃないか？仕方ない……話すとしようか。

姉上に言われるまでもなく、明子は明子で大切にするつもりではいましたよ。ただ私には、どうしても正妻にはあの方を、と思い決めていた女性があったのですよ。それにはどうしても、あの古臭い言い回し、「娘さんをください！」ってやつを真面目にやって、父親の許しを得なければならなかったのだ。マジで必死にやったぞ。

「左大臣さま。どうか、先日お話ししたこと、お許しいただきたい」

「またその話か。お断りだと言ったでしょう」

「何度言われても諦めません。どうか」

私が正妻にぜひ、と願っていたのは、左大臣源雅信どのの娘だった。

宮中へ出仕するたび、雅信どのをつかまえては、結婚の許しを願ったが、なかなか良い返事はもらえなかった。

「我が長女はあなたより年長ですよ。分かっていますか」

「はい。それも、末っ子で若輩の私には好ましく思われるのです。ぜひ、お許しをいただきたい。幸い、お手紙は取り次いでいただいています」

「ふん。言葉巧みに女どもを味方につけおって。とにかく、許さん」

雅信どのには、いつかは天皇か春宮の後宮にぜひ入れたいと志している、秘蔵の娘がいると評判だった。ただ、いつ、どの帝の後宮に入れるべきかを迷っているうちに、どうも機を逸したのではないかとも見受けられる節もあった。

なにしろ、どの家にどんな娘がいるかは、噂でしか分からない時代だ。だからこの日は、雅信が「長女はあなたより年長」とうっかり口を滑らせた（そして私はとっさにうまく話を合わせることができた）だけでも、私には収穫だった。

——ならばもう、後宮入りは無理だろう。

天皇は今八歳。春宮は十二歳。

長女が私より年上だというなら、少なくとも二十三、四にはなっていることになる。大臣家の娘としては、かなり婚期が遅れていると言えよう。しかも、父がゆくゆく、天皇には孫娘を、春宮には自分の末娘を差し上げる心づもりであることを私は知っていた。もし雅信どのがどちらかに娘をと申し出ても、おそらく父が邪魔をするに違いない。

見込みはじゅうぶんある――そう考えた私は、いっそう、左大臣家の邸である土御門《つちみかど》殿にまめに足を運び、その娘のまわりの女たちを味方に付けるべく、贈り物や手紙を送り続けた。

「今日は、大殿がお話があると仰せになっていますす」

すっかり顔なじみとなった、左大臣家の女房の一人からそう告げられたのは、冬、庭の前栽《せんざい》も霜枯れになった頃だった。

「私は、そなたのような嘴《くちばし》の黄色い若造を娘の婿にする気は毛頭なかったのだが、北の方が妙にそなたを買っている。これ以上の婿はない、私の言うとおりにせよとしつこく言うのだ。根負けしたよ」

「ありがとうございます」

「しかし、いくら摂政どののご子息とはいえ、そなたは末っ子。この先、兄君たちに気圧されて、娘に無念な思いをさせるようなことだけは、しないと約束してくれるか。本来なら、末は必ず后にと傅《かしず》き立ててきた娘だ」

雅信どのの言うことはもっともだった。

「お約束します。必ず」

こうしてどうにか雅信どのが折れてくれて、私は左大臣家の長女、倫子を正妻とすることができた（「栄花物語」さまざまのよろこび）。雅信どのの正妻である穆子《ぼくし》どのが私を気に入ってくれたおかげだった。

永延元（987）年十二月十六日。私は倫子との結婚を公にした（「台記別記」久安四年七月三日条）。

後から思えば、倫子が妻でなかったら、私の栄華はなかっただろう。北の方さまさま、とは心から思っておる。え、なんですと？

「そなたは、よくよく年上の女に好かれて味方される、得な性分のようね」

や、これは、これは姉上、なんと申し上げましょうか。む、そこの女子、何をニヤニヤしとる！

四　式部、大好きな姉との別れ

太后さま、かように気さくな方でいらしたなんて。道長さまは、やはり、女性からの引き立てられ運がおありかしら。

そうそう、倫子さまの母上の穆子さまの曽祖父の高藤《たかふじ》さまと、私の父の曽祖父、つまり、あの中納言兼輔の父である利基《としもと》は、兄弟なので、遠縁に当たるのです。

良門《よしかど》
利基《としもと》―兼輔―雅正―為時―式部
高藤《たかふじ》―定方《さだかた》―朝忠《あさただ》―穆子《ぼくし》―倫子

ほらね。って……、こんなの、言えば言うだけ空しくなってしまいますわね。ここまで身分が違ってしまったのに。

まさか、その倫子さまを、私がのちのち女主人のお母上としてお側近くで仰ぎ見ることになるとは、もちろん思いもしませんでしたけど。

というよりあの頃は、自分が宮仕えに出るなんて、考えたこともありませんでした。

もし父が野心家だったら、漢籍好きの私をなんとか宮中の女官にできないか、考えたかもしれませんね。高内侍が道隆さまの妻になって、生まれたお嬢さまが后になられたというのは、父たちにもいくらか驚きを与えたようですから。

でも、父はそんなことはまるで思いも寄らず、相変わらず「前式部大丞」の肩書きのまま、ごくたまに、漢詩を作る宴などには、宮中に呼ばれることもある――そんな暮らしでした。

以前にもここでお話ししましたけど、私にも姉がおりまして。その頃は、東京極大路の東、正親町小路《おおぎまちこうじ》の先の邸に、いっしょに暮らしておりました。曽祖父兼輔が建てたものなので、古くはありますけど、それなりの広さはあり、趣もある邸でした。

「今日は、ご来客がある。そのつもりで、部屋を設えておくように」

「まあ、珍しいですね」

ある夕刻、珍しく我が家に男性の来客がありました。素性は明かさないということでしたので、もしかしたら身分の高い方だったのかもしれません。

「高級ホテルの大宴会場で日常生活を送る」――寝殿造りでの暮らしをそんなふうにご説明なさっている現代の研究者があるそうですけれど（山本淳子『平安人の心で「源氏物語」を読む』）きっと、そのとおりです。だからその日は、几帳《きちょう》や屏風《びょうぶ》を忙しく移動させて、お客さまのお泊まりになる場所を設え、間仕切りを作り、私たち女はできるだけ自分たちの存在を消すようにして、過ごしたのです。

とはいえ、珍しい機会につい、私と姉はひそひそ話に花を咲かせてしまいました。

「どちらのお方なのかしら」

「六条の宮さまゆかりの方だったりしたら素敵ね」

六条の宮さまというのは、具平《ともひら》親王さまと言って、村上天皇の七番目の皇子さまでした。詩歌や管弦に造詣の深い方で、父とは親しくしてくださっていると聞いていました。

その親王さまご本人がおいでに、なんてことはまさかないでしょうけれど、ご縁のある方かもしれない。そんなふうに想像してみるのは、とても心躍ることでした。

姉も私もなかなか寝付けぬまま、暗闇で互いの呼吸だけを聞いていますと、ふと人の気配が近づいてきます。

「もし……。ここは春日野《かすがの》に通じておりましょうか」

なんと！　ごく近くに男性の声がします。姉の手が私の肩を摑みました。震えています。

「どうしよう」

春日野。「伊勢物語」の「初冠《ういこうぶり》」を模しての問いかけです。狩りに出かけて、思いがけず姉妹の住まいを垣間見してしまった、という、有名な一節。

方違《かたたが》えに来て、その邸の女たちに戯れの恋をしかける。ちょっと浮ついたことではありますが、相手がもし、身分ある方、父の大切な方なら、「失礼な」と黙殺するのでは、「気が利かない」「為時の娘たちは無粋者」と、父の名折れになってしまうでしょう。

「東の果てではありますけれど、ここも一応、京のうちです」

先に勇気を振り絞った私が、震える声でこう答えてみると、姉もいくらか落ち着いたのか、すぐに言葉を継ぎました。

「南へ通じる道は知りません。どうぞ、ふる里とお見落としくださいますな」

春日野は我が家からでは南の方角です。そして、春日野のある奈良は「ふる里」、旧都です。それを口実に、やんわりと「私たちは『伊勢物語』に出てくる姉妹とは違います」といなしてみたの。

それから二言三言、こんな風情のあるやりとりが続きました。私たちはなんとかこの方の素性を知りたく思いましたが、結局明かしてはくださいませんでした。

またあちらも、こちらが姉妹であると分かっていたからでしょう、無理矢理室内に入ってくるような強引な真似はなさらず、やがてご自分のご寝所へ戻って行かれました。

「どうしましょう」

「このままにしてしまうのは、惜しいわね」

今思うと、思いがけぬなりゆきに、二人ともずいぶん大胆になっていたわね。庭を見ると、薄闇に早くも朝顔が一輪、咲き始めたのが見えました。

「これをお贈りしてみましょう」

おぼつかな　それかあらぬかあけぐれの　そらおぼれする朝顔の花

いったいどなただったのでしょう

夜明け前の薄闇に空とぼけたままの今朝のお顔は

「紫式部集」4

どきどきしながら薄様《うすよう》にこう書いて、女童《めのわらわ》に持たせてご寝所に届けると、姉と私は息を凝らすようにしてご返事を待ちました。

いづれぞと色わくほどに　朝顔の　あるかなきかになるぞわびしき

ご姉妹のどちらがくださったものかと見分けようとするうちに

朝顔がはかなくなってしまったのが残念でなりません

「紫式部集」5

素敵なご返歌！

もしかして、その後もお便りをくださったりしないだろうか——私も姉も、口にこそ出しませんでしたが、そんな期待を持っていたのですが、どうも、それきりになってしまったみたいです。

みたいです、とはっきりしないのはね……。

実はこのやりとりからしばらくして、私には次々と大切な人との別れがやってきて、その誰とも知れぬ殿方のことを気に掛けるようなゆとりもなくなってしまったの。

ずっと親しくしていた友人たちが、地方の受領《ずりょう》の任を得た父親、あるいは夫に伴って、一人、また一人と、京を離れて行ってしまったのです。

手紙を書きます——こう固くお約束しても、届くまでに長い時間のかかる文のやりとりは、もどかしいもの。

さらに、筆で表し難いほど辛かったのは、姉が病死してしまったことでした。

何もする気持ちにならず、ぼんやりとした日々が続きました。

ただ、一つだけ、心が慰められたのは、たまたま似たような境遇になった友人との文通でした。ちょうど同じ頃に、妹を失った人がいたのです。

私からその人への文には「姉君へ」と、その人から私への文には「中の君（妹）へ」と書いて、互いに姉妹を喪った心を慰め合う——こうして私はいっそう、ひっそりと暮らすようになりました。

このままここで朽ち果てるのかも、それも良い——そんな寂然とした思いが、いよいよ募る日々でした。

ごめんなさい、湿っぽくなっちゃったわね。でも、こういう気持ちになることって、現代の皆さんにもあったりしない？　どうかしら。

五　道長、兄たちとの神経戦

そうか。式部ママ、若い頃はなかなか孤独な日々を送っていたのだな。まさか、晩年にああして我が一族と深い縁でつながろうとは。世の中とは分からぬものだ。

さて、めでたく二人の女性を妻に持った私に待っていたのは、ご多分に漏《も》れず、「誰が父の後継者になるのか」をめぐっての複雑な兄弟間の心理戦だった。

明子との間にはなかなか子はできなかったが、倫子はすぐに身ごもり、結婚の翌年、永延二（988）年には長女彰子が生まれた。

舅である雅信どのとはああ約束はしたものの、その頃の私はまだ、父から長兄の道隆へ、さまざまの権力が委譲されていくのを、傍観しているに過ぎなかった。

正暦元（990）年に一条天皇が元服すると、兄の長女、定子《ていし》が後宮に入って女御となり、ほどなくして病を得た父は、摂政の座を兄に譲った。

「次は、定子の立后だな。それまで、なんとか生きていたい」

実現すれば、父にとっては、皇太后は娘、天皇と中宮は孫となる。父と姉を恐れてか、一条天皇の後宮に娘を入れようとする公卿は一人もなかった。

ただ、定子の立后の儀に臨むことなく、父は亡くなった。七月二日、六十二歳だった。

十月五日、父の忌み明けを待って、定子の立后が改めて披露された。

私は中宮大夫《ちゅうぐうたいふ》という、定子に関する事務を扱う中宮職《しき》の長官を任され、長兄の道隆とは悪くない関係を作っていたのだが、これに面白くない思いをしている人もいた。

他でもない、次兄の道兼だ。

「私は父上のために自分の手を汚してまで力を尽くしてきたのに、なぜ道隆なのだ」

と、次兄が口に出して言うのを実際に私が聞いたわけではないが、おそらくそう思っているだろうとは、近くで接していれば分かる。

私も、父は道兼兄の方を見込んでいるのかなと思っていた時期もあったのだが、年を経るにつれ、父はやはり、道隆兄の方を後継者に考えるようになったらしい。

理由は、そうだな、まあ、陰謀より人望、というところかな。父のしてきたことを思うと皮肉ではあるが。

道隆兄は容貌も優れていて、その点でずいぶん得をしていたと思う。性格もおおらかで気さくだったから、官吏や女房たちにも好かれていた。加えて、気配りのできる一面もあった。なんというか、育ちの良い者が自然に身につけている長所を全部持っているような人だった。正直、私も羨んだことがある。

一方の道兼兄は、なにしろ天皇を謀《はか》って出家させてしまうほどの人だから、胆力は据わっていた。ただ、そういうのが、どこか鋭い翳《かげ》みたいなものになって、顔や言動ににじみ出るところがあったから、あまり人に好かれるとは言いがたかった。兄の道隆に対しても、明らかに見下したような態度で、細々と意見や指図をすることがしばしばあって（「栄花物語」さまざまのよろこび）、気難しい人、面倒な人だと敬遠されることも多かっただろう。私に対しては取り立ててどうということもなかったから、まあ、道隆兄への態度は強い劣等感の裏返しというところだろうか。

この家に生まれた以上、男兄弟同士はやがて鎬《しのぎ》を削る仲になるのが宿命。それは私もよく分かっていたが、父が亡くなると、その気配は少しずつ、しかし急速に濃くなっていった。

正暦五（994）年。私は二十九歳になっていた。倫子はさらに二人の子をもうけており、我ら夫婦はすでに一男二女の親でもあった。

前年に舅の雅信どのが亡くなられるという悲しみはあったが、なにしろ七十四歳と言えばこの頃では長寿。我が父兼家が六十二歳、祖父師輔が五十三歳で身罷《みまか》ったことを思えば、じゅうぶん生きてくださったと思う。

ただ、長らく左大臣として重きをなしていた雅信どのがいなくなったことで、道隆兄はいよいよ私に何の遠慮をすることもなく、自分の息子たちを露骨に優遇するようになった。

――このままでは、あの愚かな若造たちに越されてしまう。

伊周と隆家《たかいえ》。私にとって、次第に目障りな存在になってきた二人。それでも、この二人の甥が政治的に有能だったなら、まだ私もいくらか納得できただろうが……。

何かというと、母譲りの文才をひけらかし、朗々と詠じては女たちの歓心を買う伊周。自分が人気があると自惚れていたのだろう。ああ、似たようなのがこの店の外にも時々いるな、ギター抱えてうっとり目を閉じて歌ってる。要するにああいう若造だよ。

一方の隆家。こちらは、武家の猿まねをして、やたらに馬を乗り回したり、石や杖《つえ》を持たせた雑色《ぞうしき》（下男）を大勢引き連れて練り歩いたりする乱暴者だ。現代でもいるだろう、名家に生まれたくせに、やたらとイキがって半グレなんかとつながって喧嘩っ早い、そういうヤカラだ。

とりわけ私は、ころころとよく太って軟弱なくせに、何かにつけ知ったかぶって、声高に首を突っ込んでくる伊周が大嫌いだった。

伊周を嫌っていたのは私だけではないぞ。伊周は宮中儀礼などにもやたらに持論を述べていたのだが、間違いのごり押しが多かった。その都度、藤原実資《さねすけ》（実頼の孫。実頼は私の祖父師輔の異母兄）やここにいる行成（伊尹の孫。伊尹は私の父兼家の兄）といった、真にそうした方面の知識が豊富な者たちからは反感を買っていたはずだ。

な、行成、そうだろう？　お、黙りこんでしまったな。

しかし、この年八月の人事で、私が恐れていたことがとうとう現実になった。

この時、道隆兄は大臣職のない関白。亡き父のやり方を踏襲したものだ。雅信どの亡き後の左大臣には、七十三歳の源重信《しげのぶ》どの。こちらは雅信どのの弟で、右大臣から移られたから、まあ順当なところだ。

そして、右大臣には道兼兄。これも内大臣からの転任だし、うるさ型の弟を蔑ろにしない配慮としては当然だった。

問題は次だ。

「内大臣には、権大納言藤原伊周」

これが発表されると、さすがに居並ぶ公卿たちがざわついた。無理もない。

「伊周どのはまだ二十一歳だ。若すぎる」

「大納言のお二人を差し置いてというのは、いくらなんでも」

「お二人だけじゃない、権大納言には道長どのもいる。帝のご寵愛が深いのを良いことに……」

大納言には四十四歳の藤原朝光《あさみつ》どのと五十四歳の藤原済時《なりとき》どのがいたし、その下は、同じ権大納言といっても、任官の早い私の方が上席だった（「公卿補任」正暦五年条）から、三人も飛び越えて伊周が内大臣というのは、どう見ても時期尚早のはずだ。

——一条天皇のご寵愛ゆえか。

後宮に、しかるべき女子がたった一人というのは異例だが、帝が定子をたいそう気に入っているので、他の公卿はみな様子見になっていた。それを良いことに、定子の兄として伊周の人事をたやすく認めさせたのだろう。

摂関政治というと、天皇は単なるお飾りで、その意思は反映されないように思う現代の人も多かろうが、さようなことはない。諸々の案件について、大臣たちが出してきた定めが気に入らないと思えば、「認めない」と拒否して差し戻す、それが天皇の大きな権限だ。

もちろん、帝がごく幼少の場合はやむを得ないが、この時点で一条天皇は十五歳。兄の肩書きも摂政ではなく関白だから、天皇の意思はきちんと汲まれていたはずだ。天皇が義兄にあたる伊周を気に入っているのを、道隆兄が思うままに利用した人事と言えよう。

——なんとも、釈然とせぬことだ。

その日、宮中から下がろうとすると、雑色から「少しお待ちを」と声がかかった。

「内大臣さまの車が今お発ちになりますので」

そうだった。

自分より上位の人の車が出ようとしている時は、下位の者は遠慮せねばならない。

折も折、伊周本人が、上機嫌で朗々と何やら詠じながら通り過ぎていった。

なんとも不快な思いを抱えたまま、土御門殿へ行くと、倫子が穏やかな笑みを浮かべてこう言った。

「まだまだ、これからではありませんか。関白さまはもしかしたら、何か焦っておいでなのかもしれませんわ。かような折こそ、あなたさまはゆったり構えておいでなさいませ」

やがて、この倫子の言葉が真実を突いていたことが分かる。

十一月十三日、道隆兄が検非違使《けびいし》（現代の警察と司法を兼ねたような組織と思ってもらえば良い）に、義静《ぎせい》という僧を捕らえよと命じたが、取り逃がしたという事件があった（「小記目録」）。

いかなることかと不審に思っていると、どうやら、道隆兄は今年になってひどい体調不良に悩まされていて、それを道兼兄の呪詛《じゅそ》によるものと疑い、まずは呪詛を請け負った僧を捕らえて白状させ、証拠を出させようとしたらしい。

しかしこれは、義静がいち早く行方をくらませてしまったことで、道兼兄を追及するには至らなかったのみならず、むしろ、己の健康不安が露わになるという、道隆兄にとっては喜ばしくない事態を引き起こした。

「関白さまは、飲水病だそうだ」

「まあな、あれだけ日々お酒を召し上がっていてはしかたあるまい」

飲水病――現代では糖尿病というそうだな。

どうも、これは我が家系に多いようなのだ。かくいう私も、晩年はこの病に悩まされた。口が渇いて辛い病だ。式部ママがいつもこの店に杏《あんず》を置いてくれているのは、そのためでな。

それでも、私はできるだけ節制していた（つもり）だが、兄の酒好きは度を超えていた。

兄自身は無理をして元気そうに振る舞っていたが、それ以後の衰えは、誰の目にも明らかだった。何しろ、翌年の正月、一条天皇が母である詮子姉と対面するための東三条院（正暦二年の円融天皇崩御の後、詮子は出家し、以下院号を称する。女院の初例となった。「日本紀略」正暦二年九月十六日条）への行幸にさえお供できず、姉からずいぶん不興を買ったほどだ（「小右記」正暦六年正月二日条）。

それでなくとも姉は、定子への寵愛が深いのを、「母の高内侍や、祖父の高階成忠《なりただ》が出しゃばってくるようでは困る」と、あまりよく思っていなかったから、息子である天皇と自分が対面する場に、道隆兄が出席しないというのが、感情的に許せなかったのだろう。

加えて、私を含め、伊周に官を越された大納言三人が、この日の行幸や、同じ月に行われた伊周主催の大饗《だいきょう》（高位の者による饗応。パーティ）への出席を見送り、無言のうちに道隆兄と伊周への不快感を示し続けたこともあって、政局への注目は高まっていった。

「関白さま、どうやら相当お悪いらしい」

「だから無理矢理、ご子息を早々と内大臣になさったのか」

「しかし、もしこれで関白どのがいなくなったら、政はどうなるのだ」

「右大臣さま（道兼）か。あまり、歓迎できぬぞ」

「かといって、内大臣さま（伊周）では」

「ううむ」

二月になると、道隆兄は出仕すらおぼつかず、床に臥せるようになったので、公卿たちは寄ると触るとこんなひそひそ話をしていた。私は、聞き耳だけ立てて、あとは知らぬ顔をしていたが。

――兄二人がいなければ。

むしろ、私こそ、出番ではないか。

そんな思いが強くなってきたからか、私はつい、伊周に対して強い態度で接したり、定子の中宮職での仕事をわざと滞らせたりの示威行動を取るようになった。

一方、道隆兄も、病床からではあるが、なんとか伊周に関白の座を譲ろうと策を弄していたようだ。むしろ、自分の病を口実に用いて。

「私が病の間は、私の代わりに、内大臣に内覧《ないらん》をお任せください」――兄は、一条天皇にこう提案をした。天皇はいくらか難色を示したらしいが、この提案は通ってしまった。

ここで、さらに驚くような工作が行われた。

天皇の命令を記す文書である詔勅は弁官局で作成される。こたびの文面は本来、

関白病間、官外記文書可令見内大臣

とあるべきだったのに、

関白病替、官外記文書可令見内大臣

と変更するよう、途中で指示の追加があったというのだ。

よーく見ろ。たった一文字だが、これは大きく意味が変わる。天皇の言葉通りなら「関白が病の間は、文書類を内大臣に内覧させる」で、あくまで道隆兄が病の間の、臨時代行の意味だが、改変すると「関白病により、替わって文書類を内大臣に内覧させる」となり、兄が快復しようとしまいと関係なく、以後ずっと伊周に交代することになる。

もしこれが見過ごされていたらと思うと、今思い出しても不快でならないが、幸い、この

追加指示を不審に思った担当者から、蔵人頭（天皇の秘書組織の長官）に問い合わせが行き、天皇の知るところとなった。

「私はさような命令は出していない。もとのとおり、〝間〟とするように」

私はこの一条天皇の態度を知って、いくらか考えを改めた。必ずしも道隆兄や伊周の言うままになるだけの幼い帝ではないらしい。まだ十六歳と若いが、自分で物事の是非を判断しようという気骨はあるらしい、とな。

さて、この怪しい指示を出したのは誰か。いやあ、これについては姉上の炯眼《けいがん》に改めて感じ入りましたよ。

六　詮子、天皇の寝室にのりこむ

ね、言った通りでしょ。私の勘は正しいの。信じなさい。

この姑息な画策をしたのは、あの高内侍の兄、高階信順《のぶのり》だったのよ（「小右記」長徳元年三月十日条）。信順は、たまたま弁官局の次官の職にあったものだから、こうした手段に出たらしいけど、だいたい、この職に就けたのだって、道隆兄さまの引き立てによるんだから、図々しいったらないのよ。

道長。そなた、この一件が持ち上がるまでは、私が高階一族を嫌うのを、単なる女の焼きもちくらいに思っていたでしょ？　私を侮ってはだめよ。

まあでも、これがある意味、道隆兄さま、というか、兄さまを利用して良い思いをしたい者たちの、最後の悪あがきになったわね。

四月十日、兄さまは亡くなったわ。四十三歳。息子たちの育て方は失敗だったけど、本人は悪い人じゃなかった。死ぬ間際まで、飲み友達の誰彼の名を出して会いたがっていた（「大鏡」内大臣道隆伝）というのは、人柄の一端が垣間見えるかもね。

さて、道隆兄さまの死でみなが注目したのは、もちろん、後任の関白は誰か？　ってこと。

道兼兄さまか、それとも伊周か。

我が息子だから分かるけれど、一条天皇はかなり迷っていたと思うわ。

自分との親しさで言えば、圧倒的に伊周。意思の疎通もしやすい。

でもどう考えたって若すぎる上に、他の貴族たちが支持しそうにないという弱点があった。高階一族だけは相変わらずで、伊周が関白になることを切望してたわね。高内侍の父なんて、自ら祈禱や、秘法まで尽くしていたというし。こういうの、出家したのがかえって罰当たりな例よね。

私はこの高階の動きが不吉なものにしか思えなかった。だから、出しゃばりと思われても構わないって腹をくくって、「伊周では貴族たちが納得しない」と天皇に進言したの。

それでもずいぶん迷っていたみたいで、結論が出たのは四月も末の二十七日。

実は、この日までに、道隆兄さまに前後して大納言が二人も死ぬという恐ろしい事態が起きてたの。三月には藤原朝光、四月には同じく済時。それぞれ四十五歳と五十五歳だったから、寿命というには気の毒なほどだった。

道隆兄さまは飲水病だったけど、この二人は違う。当時流行った、疫病のせいなのよ。現代で言うと何の病になるのかしら？　天然痘という説が多いみたいだけど、麻疹《はしか》だという説もあるらしいわね。

ともかくこの年は、疫病で多くの死者が出ていて、それもおそらく、一条天皇は気に病んでいたのね。何しろ、天変地異や災厄は、人の上に立つ者への「もののさとし」（神仏のお告げ。警告）と見なされていたから。

ともかく、天皇は迷った挙げ句ではあったけど、「道兼を関白に」と命じたわ。ねえ、道長、あの時のこと、そなた覚えている？

はい。みな待ちわびておりましたから。

ここからは、私が話しましょう。

道兼兄が関白になるとの知らせは瞬く間に広がり、兄の邸、二条大路の北にある町尻殿のあたりは、お祝いを述べようと集まった人と車で身動きも取れないほどの騒ぎになったらしい（「栄花物語」みはてぬゆめ、「大鏡」右大臣道兼伝）。

ただ、四日後の五月二日、正式な宣旨が兄のもとにもたらされたのだが、その場所が町尻殿ではなく、方違え先、それも中川あたりの、当時は無官だった藤原相如《すけゆき》という者の邸であったのが、私にはいささか疑問だった。

相如は私たちには遠縁にあたり、また兄には腹心の部下とでも呼ぶべき人物だったから、そこを方違え先に使ったのは良いとして、なぜかような重大な時機に本邸でじっくり構えていなかったのか、と思ったのだ。

その理由は、本邸に戻った兄のもとへ挨拶に行ってみて、すぐに分かった。

「兄上、こたびはまことにおめでとうございます」

「おお、そなたにはぜひ、支えてもらいたい。……かような形ですまぬな」

兄は寝たまま、私に対面した。己では起き伏しもままならぬほど、兄はやつれていて、声も弱々しかったのだ。方違えは転地療養のためだったらしい。ただ、その甲斐があったのかどうかは、甚だ疑問と言わざるを得なかった。

「必ず、再び出仕する。帝にもよくお伝えしてくれ」

「はい」

生気の乏しい、土気色の顔を見ていると、せっかくの関白就任のめでたさがどんどん損なわれていきそうで、どうにもやりきれなかった。

まさかこのまま快復せぬなどということは——そう案じながら、私は日々、定めるべき案件について、兄のもとへ報告に行った。

「……その件、左大臣どのはいかがお考えだろう」

兄が、左大臣重信どのの名を出したのを聞き、私は正直、返答に迷った。

実は重信どのもその時、疫病に罹って病床にあった。倫子からは、かなり重篤らしいと聞いていたのだ。

「では、左大臣どののご意見も承ってからご報告申し上げます」

それだけ言って邸を下がってきたのが、最後になった。

長徳元（995）年五月八日、未の刻（午後二時）。

道兼兄は、息を引き取った（『日本紀略』）。関白の座にいたのは、たった七日間だったことになる。

この同じ日の朝には、重信どのも亡くなってしまった（『日本紀略』）。

なんと、この年に入ってほんの数ヶ月の間に、関白（道隆）、左大臣（重信）、右大臣（道兼）、大納言二人（朝光、済時）が相次いで亡くなったのだ。気付けば、政の中枢には、従二位で権大納言の私と、正三位で内大臣の伊周の二人だけという、とんでもない事態になっていた（六月十一日には、伊周の異母兄である権大納言道頼《みちより》も没している）。

——次の政を担うのは、私か。

当分は道兼兄を補佐しながら伊周や隆家を牽制《けんせい》しよう、くらいに構えていたはずが、私はいきなり、自ら頂点に立つ覚悟を決めなければならなくなった。

道兼兄の息子たちはまだ二人とも元服前だったので、私が万端を取り仕切り、亡骸《なきがら》を別邸の粟田殿《あわたどの》へ移すよう命じて、十一日にはそこで葬儀を行わせた。

「高階の入道どのは、いよいよ祈禱に余念が無いようです」

「どうか、殿はくれぐれも御身をお大切に」

今度こそ伊周を関白に――高階一族の悲願を兄の死と結びつけて不安がる従者もいて、私にこんなふうに進言してくれる者もあった。

――帝がどう判断するか。

今度こそ伊周に関白をさせるつもりか。

私もこの時点ではまだ三十歳と若かったが、それでも、二十二歳の伊周よりは、人々を納得させるだけの人望も能力もあると自負していた。その一方で、定子を間にした伊周と天皇の睦まじさを思うと、とても楽観はできなかった。

道兼兄や重信どのの他にも、この頃に亡くなった人は多く、それぞれに葬送の儀や法会などが続く中、またもや、天皇の決断に注目が集まることになったが、ここで大きな役割を果たしたのは――姉上でしたね。


そうよ。だって、私しかいないでしょ。天皇に決断を迫れるのは。

「もう待てませぬ。何度も文を出しているのに、行幸（おでまし）どころか、文の返答もないなんて。ああ、そなたもいっしょにおいでなさい」

なかなか決断しない息子に業を煮やした私は、道長を伴って清涼殿へ押しかけ、ついに直談判に及んだのよ（『大鏡』太政大臣道長伝）。

清涼殿には、上の御《み》局《つぼね》と呼ばれる、后や女御の控え室があるの。通常ならば、そこに伺候して天皇の出御《しゅつぎょ》を待つのが作法なのだけど、その日私は、道長をそこに残して、一人で天皇の寝所へ乗り込んだわ！

きっと、道長も天皇も驚いたことでしょう。まさか、母后が天皇の寝所にまで押し入るなんてね。でもあの時の私には、もうそうするしかなかったのよ。

天皇の寝所。帳台のある夜の御殿。枕元には神器のうちの二つ、神璽《しんじ》（八尺瓊勾玉《やさかにのまがたま》）と宝剣が安置されている、神聖な場所です。

私は后だ。天皇の母、国母なのだ。その思いが、私を動かしていました。

「上さま。帝の位にある者に、私情は禁物でございます。世が乱れます」

かつて、この皇子を儲けていながら、別の女に中宮の座を奪われた私には、「天皇の私情」は、あってはならぬものにしか思えませんでした。母にすっかり気圧されたのか、息子の目は怯えたように細かい動きを繰り返していましたが、私はそれを抑えつけるように睨みつけ、さらに畳みかけました。

「どうか、お覚悟をなさってください」

どれくらい経った頃だったでしょう。震える唇から、息子の、天皇の声が発せられたのは。

「母后さま。ようやく、心が決まりました。道長に、内覧を任せることにします」

私は我知らず涙を流しながら。夜の御殿を出ました。

「宣旨が下りましたよ。そなたに内覧を任せると」

忘れないわ、この世の重大事を我が手で決した、あの時のことは。ねえ、道長。

行成コーナー

内覧とは

詮子さま、恐ろしいほどの迫力でいらっしゃいます。おやおや、道長さまも、思い出に感極まって泣いておいでですね。

そろそろ、車を呼びましょうか。式部ママもすっかり詮子さまの迫力に圧倒されているし。

さて、ちょっとだけ、また私から補足しておきましょう。

ここで話題になっている「内覧」。これは、天皇に奏上される文書、および、天皇が裁可する文書を前もって見る権限のことを言います。

道長さまというと関白と思っておいでの方も多いかもしれませんが、実は関白には一度もなっていらっしゃいません。摂政になられたのも、ずいぶんお歳を召されてからなのですよ。

この時は、なにしろ、左大臣も右大臣も空席になっている状況でしたから、「内覧」の権限さえ得られれば、三十歳の若さで、いくつもの官職を飛び越え、いきなり「関白」と呼ばれる特別の存在になって世間の目が必要以上に厳しくなるより、従来の職制の中でじっくりと地歩を固めていく方が、人々の信頼を得やすいとお考えになったのでしょう。

結局道長さまはこの年、六月に右大臣となられました。左大臣を空席のままとし、あえてご自身が右大臣に留まったのは、伊周さまを内大臣のままで留め置いて、いずれ他の適任者を見つけて越えさせることで、こちら側の味方を増やそうという深謀遠慮もあったのでしょう。

もし伊周さまと隆家さまが、慎重に身を律し、学びながら、定子さまに皇子が生まれてくるのを待てるような手堅い男たちであったなら、この後の世の中は、いくらか違ったかも知れないのですけれどね。

私は定子さまを心密かにお慕いしていましたので、それを思うといささか悲しい気持ちになります。

七　式部、父の転勤に付いていく

お二人、仲睦まじくお帰りになりましたね。なんだか羨ましいみたい。

ただ、道長さまが右大臣になられてからの、伊周さま、隆家さまご兄弟とのお仲の悪さは、私のようなひっそり暮らしている者にも聞こえてくるほどだったの。

会議の場で道長さまと伊周さまが激しい口論となり、挙げ句の果てにつかみ合いにまでなった（「小右記」長徳元年七月二十四日条）――とか。

道長さまの従者と隆家さまの従者が七条大路で乱闘騒ぎを起こし（「小右記」長徳元年七月二十七日条）、さらに隆家さまの従者が道長さまの随身（貴人の外出時に護衛に当たる近衛府の官人。朝廷から派遣される）を殺害した（「百練抄」長徳元年八月二日条）上に、隆家さまがその犯人を出頭させなかったので、帝は隆家さまに宮中へおいでになることを禁じた（「小右記」長徳元年八月三日条）――とか。

私の「源氏物語」は、やはり物語なので、荒っぽい乱闘ごとはほぼ書かずにおいたのですけど、現実には案外あったのです、京市中での乱闘騒ぎ。「蜻蛉日記」には、作者の従者と、正妻の時姫さまの従者とが乱闘した、なんてことも書かれています。

ただ、この時の乱闘では、弓矢まで用いられて、まさに「合戦」の果てに死者が出たので、帝もほとほとお困りになったんだそうです、後に実資《さねすけ》さま――そうそう、「小右記」の筆者です――から聞きました。

そうして、あの大事件へと発展するわけですけど、私がこのお話、してしまって良いのかしら？　まあ、道長さまには道長さまにしかない情報がおありでしょうしね。

私自身の暮らしに大きな変化があったのは、その翌年の、一月のことでした。

「十年も待たされて、これか……」

春の除目、県召。ようやく職を得たらしいのに、父は浮かぬ顔をしていました。

「お父さま。いかがなさいました」

「越前を希望しておいたのに、淡路《あわじ》とは。もう少し評価していただいても良いと思うのだが」

十年ぶりの任官は、淡路守でした。

淡路国に縁のある方、ごめんなさい。でも実は当時、国にはそれぞれ、大、上、中、下の等級が付けられていたのです。律令の規定で、面積と人口による区分でした。当然、国守の地位や収入は、等級が上の方が良いことになります。

大国は、大和《やまと》、河内《かわち》、伊勢、武蔵、上総《かずさ》（親王任国）、下総《しもうさ》、常陸《ひたち》（親王任国）、近江《おうみ》、上野《こうづけ》（親王任国）、陸奥《むつ》、越前、播磨《はりま》、肥後の十三国。

上国は、山城、摂津《せっつ》、尾張、三河、遠江《とおとうみ》、駿河、甲斐《かい》、相模《さがみ》、美濃、信濃、下野《しもつけ》、出羽《でわ》、加賀、越中、越後、丹波《たんば》、但馬《たじま》、因幡《いなば》、伯耆《ほうき》、出雲《いずも》、美作《みまさか》、備前《びぜん》、備中《びっちゅう》、備後《びんご》、安芸《あき》、周防《すおう》、紀伊、阿波、讃岐《さぬき》、伊予、豊前《ぶぜん》、豊後《ぶんご》、筑前、筑後、肥前の三十五国。

中国は、安房《あわ》、若狭《わかさ》、能登、佐渡、丹後、石見《いわみ》、長門《ながと》、土佐、日向《ひゅうが》、大隅、薩摩の十一国。

下国は、和泉、伊賀、志摩、伊豆、飛驒、隠岐《おき》、淡路、壱岐、対馬の九国。

父はもう四十代も後半になっていました。落胆も無理からぬことだったでしょう。越前を希望していた（「本朝文粋」源為憲《ためのり》）のは、ここの港には宋の船が逗留することも多く、漢籍に通じた自分ならば宋人とも意思の疎通ができて、手腕を発揮できるとの自信があったからだと思います。

人に頭を下げたり、ことさら人脈を辿ったりといった、いわゆる猟官運動を苦手とした父ですが、さすがにこの時はよほど思うところがあったのか、申文《もうしぶみ》というものを書いて、朝廷に差し出しました。

この文の一部分をご紹介しましょう。

苦学寒夜　紅涙霑襟　　苦学の寒夜《かんや》　紅涙《こうるい》襟《えり》を霑《うるお》す

除目後朝　蒼天在眼　除目の後朝《こうちょう》　蒼天《そうてん》眼《まなこ》に在り
苦労して学んだ寒い夜には、血の涙が襟を濡らした
除目の翌朝は、青い空が眼にあるだけだ

「今昔物語集」巻二十四第三十話

血の涙を流すほど努力して学んだのに、得られたのは空の青さが目に染みるほどの悲しみだけ。私には父の気持ちが本当に痛いほど分かりますけれど、でもこんな文、読んでいただけるものなのだろうか、申文はたくさんの方が出されると言いますし——。はらはらしながら父の様子をうかがっていたのですが、なんと、たまには奇跡のようなことも起きるのですね。

除目から三日後の一月二十八日（『日本紀略』）、父に「越前守へ転ず」との沙汰がありました。

「右大臣さま直々のご命令だそうだ。なんとありがたい」

「右大臣さまが？」

当時の私には、なぜ道長さまが父の希望を聞き入れてくださったのか、よく分かりませんでした。今度、機会があったら聞いてみようかしら。

とりあえず、私の勝手な推測ですけど、この頃の道長さまは、ご自身のお立場を盤石にするため、人材の発掘や抜擢、あるいは人心の掌握といったことに腐心なさっていたのかもし

れません。

というのは、前年から続いていた伊周さま、隆家さまとの対立に、新たな事態が起きていたからなのです。

もちろん、その詳細については、私が直接知るところではありません。ここでお話しするのは、あくまで噂で聞こえてきたことと、そこから私が勝手に推し量ったこと。本当のところは、ぜひ道長さまに聞いてみてくださいね。

私は、父の越前赴任に付いていく心づもりでしたから、その準備に忙しくしておりました。留守にする間、京の邸の管理をどうするか、越前行きにはどの女房に付いてきてもらうかなど、考えなくてはならないことはたくさんありました。

出立は六月のはじめと決められましたが、その日までの間に、京では驚くような噂が続けざまに駆け巡っていました。

事の発端は長徳二（996）年一月十六日のこと。私が知ったのはずいぶん後ですが、この日、伊周さまと隆家さまが、とんでもない事件を引き起こしておいでだったというのです。

「法皇さまを襲うとは」

「お付きの童が二人も殺されたというじゃないか」

「首を持ち去ったというのは本当なのか」

当事者は、出家なさった先の帝、花山法皇さまと、伊周さま、隆家さま。事件の起きた場所は、一条殿というお邸でした（「小右記」長徳二年正月十六日条）。

一条殿には、四年前に亡くなられた太政大臣、為光さまのお嬢さま方がお住まいでした。覚えていらっしゃる？　花山法皇さまがご出家、ご譲位なさるきっかけを作った、忯子女御さまの妹にあたる方々よ。

法皇さまは余程、忯子さまを忘れかねておいでだったのか、面影を求めてでしょうか、この妹さま方のお一人のところに通っていらした。

ところがこのお邸には、伊周さまも密かに恋するお方があって、お通いだった。それで、人目を忍ぶ法皇さまのお姿を見てしまったのでしょう。

私の恋人に、法皇さまが横恋慕している——伊周さまは不愉快に思われたようです。それを隆家さまにご相談なさった。

「ちょっと脅かして差し上げましょう」

と仰ったのかどうかは分かりませんけれど、どうも、隆家さまが武士を数人伴って法皇さまを待ち伏せして、矢を放たせ、そのうちの一本が法皇さまの衣の袖を射貫いた（「栄花物語」みはてぬゆめ）のだとか！

出家の身で女人に言い寄る法皇さまも法皇さまですが、それを事もあろうに弓矢で射てしまうなんて。しかも実は、伊周さまの恋人は三の君、一方法皇さまが言い寄っていたのは四の君なので、もともと勘違いから起きたことだったそうよ。

法皇さまを矢で射た――これはさすがに今の帝もお見過ごしにはなれなかったのでしょう、ご兄弟には揃って、左遷（意味合いは流罪といっしょです）の処分が下されたそうです。

私が一番お気の毒に思われたのは、中宮の定子さまでした。

ご本人には何の罪もないことです。でも、兄と弟が流罪となっては、とてもそのまま後宮においでになるわけにはいかなかったことでしょう。前年にお父さまを亡くして心細いところに、こんなことが起きたら、どれほどお辛い思いをなさっていたことか。

五月一日、定子さまは突然、ご出家なされてしまわれたと聞きました。本当にお気の毒。

当時の私にはもちろん、まったく関わりのないことでした（後に思いがけず深い関わりができることになるのですが）。でも、心からの深い同情と、それから申し訳ないことですが、これからどうなさるのだろうという興味を抱きつつ、長徳二年六月、私は越前へと旅立ちました。

第四夜　人生は陰謀だらけ

一　道長、政敵を自滅させる

おお、そなたまた来たか。あけましておめでとう。

暮れは勝手に盛り上がって先に帰って悪かったな。なにしろ、姉上と語り合うのは久しぶりであったので。おわびに、なんでも好きな酒を一杯ごちそうしよう。

何、ギムレット？　正月最初の一杯には早すぎるようだが……良かろう。そなた、なかなかの酒好きらしいな。

それで今日は、「長徳の変」についてか。おおよそは式部ママが話したのだろう？

都の人々は、昔も今も有名人の色恋や暴力といった事件の噂は好きだからな。あれは私の想像以上に大きな噂になつた。

ともあれこの一件、私が何か企んで伊周や隆家を陥れたように思って、忌み嫌う者がいるようだが、決してそうでないことはわかってもらえそうかな?

とはいえ、疑問を持つ者も多いだろうな、花山法皇、伊周と隆家、どちらにとっても不名誉な一件が、なぜ表沙汰になったのか。

実はこれには、藤原斉信《ただのぶ》が大きく関わっている。今晩、ここへ来るように言ってあるからな。後で本人にも聞いてみればいい。

斉信は為光どのの次男。すなわち、この一件の当事者である女たち、法皇の恋人や伊周の恋人らの兄にあたるのだ。

お! 来たな、斉信。ここに座れ。行成、私のボトルで水割りをもう一つな。

早速だが斉信、長徳二年の、あの正月十六日の晩のこと、こちらのお客人に聞かせて差し上げてくれ。

どうも、噂の式部ママのお店とはこちらでしたか……。お久しぶりです。

さて、あの晩のことでございますね。

当時私は、妹たちとは別の邸に暮らしておりました。そこへ、「一条殿の前で乱闘があった」と知らせがあったのです。

「争ったのは、誰と誰の配下か。聞き合わせて報告せよ」

そう命じて程なくして、当事者が法皇さまと、内大臣どの（伊周）ご兄弟であることが知れました。

道長さまの前だからこう言うわけではありませんが、私はかねがね、あのお二人はもう少し身を慎むべきだと思っておりましたのでね。それに、あの法皇さまなら、不名誉を表沙汰にしたところで、誰も私を悪く言う者はなかろうと。

道長さまが思うようになさったら良いだろうと思って。それですぐお知らせいたしました。

ええ、否定はしませんよ。道長さまにここでちょっと恩を売っておく、そのためには、法皇さまに恥をかかせ、妹たちが嫌な思いをするのも、やむを得ぬだろうぐらいには思っておりました。


面白いだろう？　こういう、率直で聖人君子ぶらぬところが、こいつの良いところだ。

斉信からの報告を受けると、私はすぐ、書状にしたためて、当時検非違使庁（京の検察と警察を兼ねた組織）の長官だった実資に届けた（『小右記』長徳二年正月十六日条）。

彼はかような折、極めて厳正に対処する男だ。うかつな忖度《そんたく》などしない。

実資は私からの書状の内容をそのまま一条天皇に伝えたらしい。すると天皇は、やはり厳正に調べるよう、実資に命じた。

検非違使庁の調べで、伊周と隆家の関わりのあるところから、乱闘に関わった武士が次々と捕まり、使われた武器も多々押収された（「小右記」長徳二年二月五日条）。

これを聞いた時、私は「やはり」と思った。なにしろ、この前年の八月、私は自分の随身を隆家の従者に殺されたのだ（「百練抄」長徳元年八月二日条）。その場にいた他の者たちから「通常の要人警護では考えられないような、過剰に武装した者が大勢いた」との訴えもあったのだが、その折はあくまで偶発的に起きた乱闘ということで片付けられ、天皇が隆家の方からその下手人を出頭させるように命じてことは決着した。よって、それ以上調べることができなかった。

私としては、隆家への処分が軽すぎて、放っておけば必ずもっと何かしでかすに違いないと思われたし、実際、「帝の私情による歪んだ判断だ」と陰口を叩く者は、私だけではなかったはずだ。

——愚か者が。

こたびはあの時とは話が違う。わざわざ待ち伏せまでして事を構え、しかも上皇という地位にある方を脅かしたのだから。天皇も、さすがにこれを庇っては自分の御世が危うくなると思ったようだ。

二月十一日。

他の公卿らとともに陣座《じんのざ》（公卿らが集まって公務を行う場所）にいた私に、天皇からの命令が伝えられた。

「内大臣（伊周）と中納言（隆家）の罪名の検討に入るように」

現代でなら、「起訴の準備をせよ」とでも言うところか。

そうそう、これを帝に伝える役目も、斉信だったな。当時そなたは蔵人頭と近衛中将を兼任していたから（天皇の筆頭秘書官と皇宮警察の副本部長を兼ねるみたいなものだ）、役目柄当然のつとめなのだが、さすがに声が震えていたぞ。


道長さま、無理もないじゃありませんか。一応覚悟はしてましたけどね。

それに私、定子さまのところにはよく出入りしてまして、式部ママの前では言いにくいけど、あの清少納言ともわりと軽口叩くような仲でしたから。

清少納言はそのせいで道長さま方と通じていると疑われて、朋輩《ほうばい》女房たちから苛めに遭ったそうですし（「枕草子」殿などのおはしまさで後）。式部ママに誤解されるのは嫌だから一応言っておきますけど、そうした疚《やま》しいことは無いですからね。


まあそうムキになるな。

話が逸れたな。ともかく、既に事態は動き出していた。伊周と隆家の身辺にはくまなく調べの手が入り、定子もさすがにそのまま後宮にはとどまれず、実家である二条北宮へ退出していった。中宮の行列だというのに、公卿たちの多くが供奉《ぐぶ》を嫌がった上に、折悪しく雨まで降って（「小右記」長徳二年三月四日条）、わびしいこと限りなかったらしいが、兄弟が罪人の身では致し方あるまい。

その頃、私には別の心配事もあった。前年から体調を崩していた姉上の容態がひどく悪化したのだ。

「呪詛ではありませんか」

「内大臣さまや高階一族が何かを」

これまでの経緯を思えば、皆がそう疑うのも無理はない。下男たちに邸内をくまなく点検させてみた。

「寝殿の床下から、厭物《えんもつ》が出ました！」

厭物とは、人に呪いをかけるための道具だ。

私はこれも実資に伝えた（「小右記」長徳二年三月二十八日条）。ただ、それだけで内大臣方の呪詛だと決めつけるわけにはいかぬ。

だが、厭物が見つかってから三日後の四月一日、驚くべき訴えが法琳寺《ほうりんじ》という寺から寄せられた（「日本紀略」長徳二年四月一日条）。

「申し上げます。実は……」

法琳寺は、小栗栖《おぐるす》（現在の伏見区小栗栖北谷町）にあった古寺だ。実はこの寺は特殊な寺でな。

「内大臣さまが、予て大元帥法《だいげんのほう》を」

「なんだと」

これを聞いた者はみな驚いた。大元帥法とは、真言宗における大法の一つで、宮中とこの寺でしか行ってはならない秘法。怨敵調伏《おんてきちょうぶく》が主で、平将門の乱を鎮めるにも霊験があったとされる修法だ。むろん、天皇家以外の者が行うのは厳禁である。

「これは大罪ですぞ」

「帝はいかがなさるおつもりだろう」

天皇の動きは素早かった。すぐに法琳寺の僧を召しだし、事の真偽を質そうとしたのだ。

この日から、いよいよ決断を下すまでの二十日余り、天皇がいかなる思案と悩みを抱えていたかは、私にも分からない。四月は朝廷にとっても重要な賀茂神社の祭りのある月だから、それが無事に終わるのを見届けてから、事を動かすつもりだったのだろう、くらいのことは推測できるが。

四月の二十四日。

宮中の諸門は武士たちによってものものしく固められた。各所へ通じる関所にも、多くの武士が遣わされた。また伊周と隆家がいると思しき二条北宮は、すでに検非違使が取り囲んでいた。

私は天皇の御前に呼ばれ、次のような処分の内示を受けた（『小右記』長徳二年四月二十四日条）。

法皇を射た事、女院を呪詛した事、大元帥法を行った事により、以下の者を次の処分とする。

内大臣伊周　大宰権帥《ごんのそち》
中納言隆家　出雲権守《ごんのかみ》
右中弁高階信順　伊豆権守
右兵衛佐高階道順《みちのぶ》　淡路権守

こう見ると、ただの左遷のように思うかもしれぬが、そうではない。要するにこれらは、それぞれの地への「流罪」を意味する。伊周の場合は、前にも出て来た菅原道真や源高明と同様の罪ということになる。

私がこれをしかるべき役所に伝えると、即座に公文書の類が作成され、やがて勅使が二条北宮へ向かった。

二条北宮での様子は、私はこの目で見ていないが、事態を察した野次馬が大勢押しかけて大変だったらしい（『栄花物語』浦々の別）。

この騒ぎに伊周と隆家がもはやこれまでと観念したかというと、そうではない。みっともないことに、ぐずぐず、未練がましく言い訳をしてなかなか出てこないどころか、見物人でごった返していたのを幸いと、行方をくらませたのだ。どこまでも人騒がせなヤツらだ。

　これには天皇が怒った。無理もなかろう。散々悩んだ末の決断だったのだから。

「まず邸内をくまなく探索せよ。納戸も開けて、天井裏も見よ」と命令が出た。ただ、「中宮だけは別室で保護してから行うように」との注意があったというから、やはり定子への思いは強かったのだろう。

　五月一日の朝、隆家は二条北宮で捕まった。探索のために邸内には下賤の者が大勢容赦なく踏み込み、ついには定子の寝所まで壊されたので（『小右記』長徳二年五月五日条）、ようやく観念したという。この騒ぎの間、定子は牛車の中に保護されていたが、そこで自ら髪を切って出家してしまったとのことだった（『小右記』長徳二年五月一日条、二日条）。これにはさすがに驚かされた。

　仕える天皇が譲位、あるいは崩御した後なら、中宮の出家も穏当な話だが、こんな形での出家など前代未聞だ。まあ、それだけ定子の受けた衝撃と動揺が大きかったということなのだろうが。

　ところが、妹をそんな目に遭わせた当人である伊周の姿は、それでも見つからない。実資の方では「愛宕山へ逃げたらしい」との情報を摑んでいて、探索が続けられた。

　せめて潔くして、これ以上騒ぎを大きくするな、と当時宮中で実資からの報告を聞いた私は思ったものだが——自分自身の身に起きてみると、難しいのかもしれぬな。

とにかく、この時の伊周は未練で見苦しい態度を繰り返した。観念して邸へ戻ったものの、病気や出家を口実に配流を免除してもらおうとしたり、母の高内侍を配流先に伴っていこうとしたり（許されるはずもない）、ひどいものだった。

結局二人は、五月十五日に、伊周は播磨国、隆家は但馬国、それぞれの国府で抑留されることになった。最初に天皇が命じた場所よりいずれも近い場所になったのは、やはり温情ということだろうか。

さて、髪を自ら切ってしまった定子だが、この後、二条北宮が火事で焼けるという悲劇にまで見舞われる（「小右記」六月九日、「日本紀略」六月八日条）。

なんとも気の毒なことだったのだが、この折、思いがけぬことが明らかになった。

「中宮さまは、高階明順《あきのぶ》の邸へ避難なさったそうだ」

「御車には乗らずに、侍に抱えられてのご移動だったそうだが」

噂は、宮中へ行けばすぐに耳に入ってくる。

「それは、どういうことだ」

私が思わずそう聞き返すと、みな一様に押し黙ってしまった。

――身ごもっている、と？

いつの間に。この騒ぎの隙を突くように、天皇は定子を召していたというのか。

定子が尼になってしまったことは、もう公然の事実だ。尼が天皇の御子を産む――そんなことがあって良いのかという思いは、居並ぶ公卿のみなに生じていたようだった。

やがてこのことが、伊周にさらに身を誤らせることになる。

十月八日、私が宮中の直廬《じきろ》（宮中における控え室。政務を執る場合もある）で、他の公卿らと対面しているところに、実資が入ってきた。

私はこの年の七月に、右大臣から左大臣へと昇っていた。検非違使の長官も、実資ではなくて公任になっていたのだが、まだ替わって一月も経たない頃だったから、二人の間でまだ業務が引き継ぎ中だったのだろう。

「権帥が密上京して、中宮さまのもとに隠れているとの噂がございます」

「なんだと」

「まずは、中宮さまにお尋ねしてみますが……」

もし本当に伊周がいるとして、定子が正直に言うはずがない。形だけの調べでしかないと苛立っていた私の邸に、深夜、一人の男がやってきた。

「平生昌《なりまさ》が、殿さまに内密で申し上げたいことがあると申して参上しております。いかがいたしましょう」

「生昌？」

そういうことか。私は直感した。

生昌は中宮大進《だいじん》、つまり定子に関する事務を司る中宮職の三等官だ。斉信と同じように考えたに違いない。斉信は例の一件の直後、参議に昇進して公卿の仲間入りを果たしている。

「庭へ通せ」

簾の向こうに、生昌が姿を現し、畏《かしこ》まった。

「そこでは遠いな。直答を許す。簀《す》の子《こ》へ上がるが良い」

私はそう言うと、自分も廂《ひさし》から身を乗り出すようにして、生昌の言葉を直接聞き取ろうとした。

「権帥さまが中宮さまのもとにおいでです。しかも、有髪《うはつ》のまま」

「出家は、偽りだと言うのだな」

「はい」

「さようか。よく知らせてくれた。下がって良い」

私はため息を吐いた。

身重の妹が心配だという気持ちは分かる。しかし、配所から勝手に戻れば天皇の命令に背くことになるというのが、なぜ分からないのだろう。

そういう思慮の足りなさが、私にはどうにも理解しがたいところであり、そうして、かつては苛立ちのもとであり、この期に及んでは、御しやすさでもあった。

実は、この夜、私のもとに密告に来たのは、生昌だけではなかった。他に二人も、同じようなことを告げた者があったのだ。人心が離れていく、落ち目になるとはまさにこういうことだ――そう思うと、さすがの私もいささかいたたまれない思いになった。

ともかく、翌日出仕した私は、他の公卿たちとも相談の上、夜になってから定子のもとへ検非違使を遣わし、伊周を召し出すように取り決めた（『小右記』長徳二年十月九日条）。夜になってから、と言ったのは、騒ぎを聞きつけて野次馬が押し寄せないようにするためだ。

十月十一日、天皇は改めて、伊周を最初の処分どおり、大宰府に送るよう定めた。これに伴って、いったん赦免していた高階信順、道順も再び流罪としたのには、天皇の覚悟と、「厳に慎め」との伊周に対する無言の意思表示が感じられた。


さて、この一件で、年頃の子女を持つ公卿たちは色めき立つことになる。

これまでは、定子が天皇の寵愛を独り占めにしていた。この件の後も、寵愛そのものは変わらなかったが、なにしろ、定子にはもうまともに後見できる実家がない。

もちろん、産まれてくる子が男子であれば、第一皇子には違いない。しかし、母が尼で、外戚たる祖父は故人、伯父、叔父がいずれも流罪の身の皇子では、いくらなんでも皇太子にはできぬだろう。

みな、考えることは同じだ。

長徳二年の七月には大納言藤原公季《きんすえ》（兼家の弟）が長女の義子《ぎし》を（『日本紀略』七月二十日条）、十一月に右大臣藤原顕光《あきみつ》（兼通の長男）が長女の元子《げんし》を（『日本紀略』十一月十四日条）

入内させ、二人とも女御となった。

私の長女彰子はこの時まだ九歳。いくらなんでもまだ早い。この時点では、黙って成り行きを見ているしかなかった。

ただ、身ごもった定子だが、面妖《めんよう》なことが公卿たちの間でも噂になっていた。

「どういうことだ。産み月は十月だということだったが」

「もう十二月になったぞ。まだお産まれにならぬとは」

私はこのことを、すでに三度のお産を経験していた妻の倫子に尋ねてみた。

「そなた、どう思う?」

「そうですね……。ご心労が重なってお育ちが遅れているのかもしれませんけれど」

兄と弟の一件のみならず、定子はこの年の秋、母貴子（高内侍）をも病で喪っていた。

「もしそうなら、お腹の中の御子のお命が心配ですわ。とても危ういことだと聞いています。ただもしそうでないなら」

「そうでないなら?」

倫子は言葉に迷いながら答えた。

「身ごもられた時期が……」

それだけ言って、倫子は黙ってしまった。

「やはり、そなたもそう思うか」

倫子は目を伏せた。

さすがに口に出せなかったのだろう。私も、倫子に答えさせたのを後悔した。それは、天皇がすでに尼になった定子と交わったのかもしれぬという疑いにつながるのだから。

まあ、尼といっても、髪をどのくらい切ったのか（尼削ぎ＝おかっぱくらいなのか、剃髪してしまったのか）や、僧から正式に戒を受けたのかどうかなどで俗世との距離が異なる。定子の状況が実際にどうなのかは、正直、私の立場では知りようがなかった。

長徳二年十二月十六日。

公卿たちそれぞれの思惑渦巻く中で、定子が産んだのは、幸いにも女子だった（「日本紀略」十二月十六日条）。

さてこの続きは――また改めて話すことにしよう。ママ、その間にそなたの話をせよ。口が渇いたな。いつもの杏はあるか？

二　式部、恋を楽しむ

はいはい。干し杏、ございますよ。すぐに。

さて、そんな成り行きだったのですね。私は人の噂でしか聞いていませんでしたけれど。

「で、源氏物語はいつ書き始めるの？」ですって？　あら、お客さま、ごめんなさいね。そこまでにはまだまだ長い物語があるのよ〜。行成、こちらにもう一杯差し上げて。次はシンプルにスコッチなんてどう？　お好きだと言っていた、グレンモーレンジのネクタードールが入ったから。ストレートかトワイスアップがお勧めよ。

さて、私が京を発って越前へ向かったのは長徳二年の六月、おそらく、中宮さまのご実家、二条北宮がまだ火事に遭う前だったと思います。

ちょうど同じ頃、あの「姉君へ」「中の君へ」と書き交わしあっていた友人も、京を離れることになりました。「姉君」の夫が、九州の肥前国の国守になったからです。

京から越前へは、季節にもよるけれど、おおよそ四日から五日ほどかかったわ。一方、京から肥前へは、半月もかかったそうよ。

これまでと変わらずに手紙を――そう約束しましたけれど、互いに出した手紙の返事が、季節が変わってから届いたり、どうかすると年をまたぐようなやりとりになったりするのは、切ないものでした。

それでも、越前へ来てしばらくは良かったの。道中で見た近江の海（琵琶湖）の景色も、これまで京から出たことの無かった私の目には新鮮に映りましたし、行き交う人々の風俗にも興味を惹かれて、歌に詠んだりもしました。

日ごろの暮らしもなんだか長閑で、海が近いからでしょうか、お魚やお野菜もおいしかったし。それに、国守の娘として敬意を払ってもらえるのは、悪い気はしませんでした。

また、父が宋人と筆談したりしている様子も、生き生きとしていて、京で無官のうちに過ごした頃とは打って変わって別人みたいだったわ。

「源氏物語」には、須磨や明石、九州などを舞台した巻もあります。私が実際に行ったことのないこうした場所での出来事を描くのに、越前での体験は後々、活かされることになりましたが、それでもやはり、田舎（現在の福井県にお住まいの方、ごめんなさい）での暮らしに、私だんだん気が滅入っちゃって……。

友人との往き来はもちろん、手紙のやりとりももどかしい日々。持参していった物語も歌集も漢籍ももうすべて読み尽くしてしまって、何か新しいものをと思っても、京と違ってなかなか手に入らない。

それに、越前の冬は、私が想像していた以上に厳しいものでした。

お客さま、北陸の冬ってご存じ？　雪の季節が近づくと、雷が鳴るの！　雷と言えば秋の野分《のわき》か、春雷かと思っていた私には、まずそれが驚きでした。

やがて、空が暗い日が続くようになります。青い空が見られる日は、本当に何日かに一度くらいになってしまいます。

それでも、そんな天候の移り変わりさえ、はじめのうちは興味深く思っていました。京とは比べものにならないほどの大雪も、風情があると思って眺めてはいたの。

でもやっぱり、二度目の冬を迎えたころには、私はもう耐えられなくなってた！

朝、外へ目を遣れば、庭の景色も見えぬほどに降り重なった雪。下男に雪かきをさせると、今度は庭の一隅に人が登れるほどの雪の山が出来ます。

「たいへんな山になりました。お嬢さまも、もう少し端まで来て、御覧になりませんか」

私の気持ちを引き立てようとでも言うのか、女房がそんなふうに促すんだけど、私の口から出て来たのは、こんな歌。

ふるさとにかへるの山のそれならば　心やゆくとゆきも見てまし
　故郷に帰るという名の鹿蒜山の雪だったら
　心も晴れるかと出かけて雪も見ようと思うでしょうけれど
「紫式部集」27

厳密に言えば、鹿蒜の読みは「かひる」。でも、越前の敦賀にあったこの地名は、「かへる」とも読まれて、「帰る」を連想させるものだったのです。

行きて見る。雪を見る。帰る途に通じるのであればそうしても良いけれど――こんな愚痴めいた歌が口をついて出てしまうほど、京に帰りたい思いが募るばかりだった、そんなある日のこと。

「そなた。春が来て、雪が消えたら、京へ帰って良いぞ」

私の心の内を見透かしたように、父がそんなふうに言いました。

「でもお父さま、私がいなくては」

「心配するでない。そなたがあれこれしっかり差配していてくれたから、今では女房たちが何もかも心得ている。それに……」

父はそこで言葉を言いさして、なんとも言えぬ複雑な笑みを浮かべました。

「今なら、そなたを支えてやれる。せっかくの縁を無駄にするな」

「お父さま、まだ決めたわけでは」

その頃の私には、友人たちからの便りとは別に、心待ちにしている文がありました。

文の書き手は藤原宣孝《のぶたか》さんといって、父方の遠縁に当たります。私の祖母（父為時の母）と、宣孝の祖父とが兄妹なのです。

系図、お示ししておきますね（右側の方は、どうぞご参考までに）。

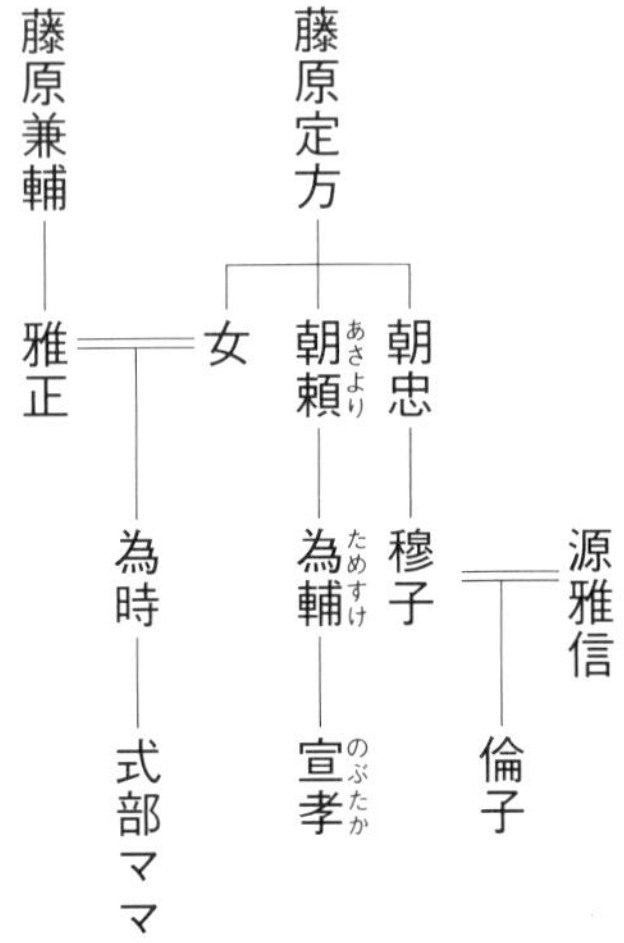

この宣孝さんは、まだ私が越前に来る前から、求婚をほのめかすような手紙をくれていました。父が蔵人であった頃の同僚でもあり（「小右記」寛和元年十月二十五日条）、その性格を知っていたからでしょう、「宣孝どのと結婚する気があるなら、私と越前へ行かなくてもいいよ」などと言っていました。

世渡りが下手で、散位の時期が長かった父とは違い、宣孝さんは筑前守や大宰少弐《だざいのしょうに》（大宰府の三等官）などを歴任していましたから、父としては頼もしく思ったのかもしれません。

ただ私は、宣孝さんの申し出にすぐ応じる気にはなれませんでした。理由は——いろいろあったわ……年齢が十五以上も離れているとか、すでに何人もの女性と関係があって、子どもも何人もいて、中には私と同い年くらいの息子もいるらしい、とか。

もちろん、私ももう世間的には〃嫁《い》き遅れ〃でしたし、他の条件の点でも、選り好みできる立場ではない。むしろ、宣孝さんならば有り難く思うべき相手であることは、じゅうぶん過ぎるほど分かっていました。

それでもどうしてもすぐには踏み切れなかったのは、宣孝さんがどうというより、結婚という制度に自分が入っていくことそのものに、迷いがあったからかもしれません。

越前へ行ったら、きっと宣孝さんは私のことなど忘れてしまうだろう。それならそれで良い。その程度の縁だったということ。そう思うことにしよう。

でも、そんな私に、宣孝さんは気長に文をくれました。頻繁というほどでもなく、間遠というのでもなく。なんというのでしょう、こちらが、「そういえば、近頃文が来ない。やはり、もうおしまいかしら」とふと考えてしまう、その時機をまるで見計らったように。ニクイでしょ？

恋に限らず、人の目や心を惹くのが上手な人だったかもしれません。実は、あの「枕草子」には、宣孝さんが筑前守を得た時のことが書かれています。正暦元（990）年三月のことです。

宣孝さんは御嶽《みたけ》（吉野山の金峯山寺《きんぶせんじ》。本尊は蔵王《ざおう》権現）詣《もうで》を思い立ったのだそうです。当時、御嶽詣の折には、質素な浄衣《じょうえ》で行くのが習慣でしたが、宣孝さんはこう考えたのだとか。

「みなと同じ姿で行って、御利益なんかあるだろうか？　権現さまが『粗末な装束で来い』と仰せになっているわけではあるまい」

それで、自分は濃紫の指貫《さしぬき》（袴の一種）、白い襖《あお》（狩衣。日常着で、脇が空いており、袖に紐が付いているのが特徴）、衣（狩衣の中に着ている）は山吹色という派手ないでたち、また同行させた十八歳の息子、隆光《たかみつ》（母は藤原顕猷《あきみち》女／年齢は「枕草子」、母は「尊卑分脈」による）にも、摺《す》り模様の水干《すいかん》生地製の袴、青の襖、衣は紅という、やはりとんでもなく目立つ格好をさせて、参詣しました。

もちろん、まわりの人々はみな呆れたんだけど、それからほどなくして、彼は筑前守に抜擢されたの。定期の除目ではなくて、事情があって辞任した人の急な後任だったとかで、「まさに御利益か」と、世間ではちょっとした噂になっていたわ（「枕草子」あはれなるもの、「小右記」正暦元年八月三十日条）。

こんな人でしたから、越前への文にも、ずいぶん風変わりなものがありました。

「まあ、なに、これは」

文を開けてみると、紙の上にいくつも、朱色の点々が散らばっている！　何かしらと思ってよく見ると、黒い文字もあって、「涙の色を」とあります。

紅の涙。父の中文にも出て来た漢文調の言葉です。私に恋焦がれて血の涙がこぼれたと言いたいってこと……？

——馬鹿馬鹿しい。

そう思いつつ、気付けば大笑いしている私がいました。だって、四十も越えた大人の男が、こんな朱色の点々をたくさん、女への手紙の上に散らしている姿を思い浮かべたら、笑うしかないでしょう？

「おかしな人。こんなことを思いつくなんて」

久しぶりでした。こんな、声をあげて笑うなんて。笑いながら、心の中で何かがことんと動いた気がしたわ。

——確かめてみようか。

この人がどんな男か。自分の目と耳、それから心で。

とりあえず、返事にはこう詠みました。

くれなゐの涙ぞいとどうとまるる　うつる心の色に見ゆれば
紅の涙だなんていっそう嫌だわ
朱墨は色が変わりやすいから、あなたの心の色もそうだってことかしら
「紫式部集」31

色あせない心を持っていてくれる人であってほしい。私の気持ちは、次第に決まっていきました。

長徳四（998）年正月。

雪が解けたら京へ帰ろうと準備を始めた私に、父はぽつりぽつりと、仕事上で知り得た京の様子を話してくれました。

「権帥さま（伊周）は、去年の暮れに京へお戻りになったらしい。中宮さまも心強いだろうが……」

長徳三年四月に、ご兄弟の両方に都へ戻って良いとのお許しが出たことは聞いていました。東三条院さまの病平癒を祈願して、朝廷で大赦が行われたからだそうです（「小右記」四月五日条）。

「出家をなされた方を帝がご寵愛になることについては、公卿の皆さまは大いに眉を顰《ひそ》めていらっしゃるらしい、無理もないことだ」

父に聞いたところでは、中宮さまは長徳三年の六月に帝の強いご希望でふたたび宮中へ入られたらしいのですが、やはり「一度髪を下ろした＝出家した」事実はとても重いようでした。御殿も、もとのように内裏後宮内の殿舎にというわけにはいかず、職の御曹司《みぞうし》と通称される、内裏の外、東隣の建物においでになるとか。

ここは、帝や中宮さまの臨時の控え所、避難所などとして使われたりするそうです。でも、中宮さまが六月からずっとここにおいでになって、そこへ、帝が夜、人目を避けるようにしておいでになるというのは、世間からはあらざることと誹《そし》られておいでのようでした。

なんだか、「源氏物語」の桐壺巻の帝と更衣《こうい》（光源氏の生母）の様子に似ている、ですって？　お客さま、鋭くていらっしゃること。

そうですね。

私、後に彰子さまの女房になるので、定子さまとは「敵方」のように言われてしまうのですけれど、この頃、つまりまだ女房づとめに出る前は、帝と中宮さまに心から同情していましたから、そういう影響は大いにあったと思います。

さて道長さま、ご休息はじゅうぶんでいらっしゃるでしょうか。そろそろ語り手の交代といきましょう。彰子さまのお話なんかも、お聞かせいただきたいわ。

まあ、せっかくの機会なのに、斉信さまはもうお帰りになるの？　あら残念。お車呼びます？　……ってお答えもくださらないでずいぶんあたふたと。どうなさったのかしら？

おや？　女性お二人連れのお客さまがいらっしゃいましたね、お珍しい。

あら詮子さま、またおいでくださったのですね、光栄ですわ。お連れの方は？　繁子《はんし》さま？　って、あの、従三位で典侍《ないしのすけ》の？　まあ、ありがとうございます。

これは、またいつもとは違ったお話が聞けるかも知れませんね。

うふふ、道長さま、渋いお顔。お姉さまと叔母さまがご一緒では、くつろげませんか？　もしかして、斉信さまはお二人のおいでを察知して逃げ出したのかしら……？

三　繁子と詮子、一族の陰謀を語る

面白いお店があるって、詮子さまが誘ってくださったから、来ちゃったわ。行成はさすが多才ね、書だけじゃなくて、バーテンダーとしてもとっても有能なんですって？

ああ、私は「詮子さま」って呼ぶのにあちらからは「繁子さん」なのは、身分の違いよ。やはり、后になった人は別格なの。

そう言えば式部ママの夫の宣孝って、なかなか面白い男だったわよね。官僚としてはちょっと詰めの甘いところがあって、時々凡ミスを犯して、痛い目に遭ったりしていたでしょう（「小右記」永観二年十二月一日条、寛和元年七月十八日条など）。でも、歌舞音曲の才があって、宮廷では重宝がられてもいたわね。祭の舞人に選ばれたり（「権記」長徳四年三月二十日条、十一月三十日条）、神楽の指揮者をつとめたこともあったんじゃないかしら（「権記」長保元年十一月十一日条)。

詮子さまと私とは、系図の上では叔母と姪ってことになるわ。それから、私は一時だけど、道兼の妻だった時期があったの。でもあんまりうまくいかなくてね。そんなこんなで、叔母とは言いながら、詮子さまに仕える女房の一人として世の中渡っていたのよ。

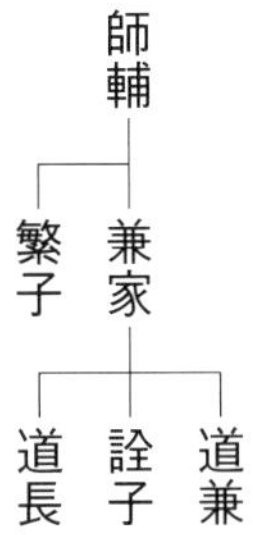

事情はちょっと複雑なのだけど、それでも運が良かったと言えるのは、ちょうど詮子さまが一条天皇を出産なさった頃、私は妊娠していたの。ただ、生まれた子はすぐに亡くなってしまって。私個人としては辛いことだったのだけど、そのおかげで、一条天皇の乳母に選ばれたのよ。私が従三位とか典侍とか、宮廷での地位を得られたのは、まったくそのおかげでね。

だから、詮子さまとは、いわば「戦友」よ。いかに一条天皇をお守りしていくか、という。当時二人が考えていたのは、とにかく、一条天皇に御子が授かること。それが一番でした。なにしろ、天皇家が絶えることは、そのまま世の中の終わりを意味するの。現代の人がどう思うかは分からないけど、私たちは必死だったのよ。

出家してしまった定子では、やっぱり困るわ。身内が罪人なのもまずいし。他に、義子《ぎし》（公季女《きんすえのむすめ》）もいたけれど、どうもこの人は天皇のお気に入らなかったみたい。懐妊どころか、寝所へ召されたこともなかったんじゃないかしら。

可能性があったのは、元子（顕光女《あきみつのむすめ》）ね。長徳四年の二月には身ごもったことを天皇に報告し、晴れがましく実家へ下がっていったわ（「権記」長徳四年二月二十三日条、「栄花物語」浦々の別）。

この時点での皇位継承の可能性よ。

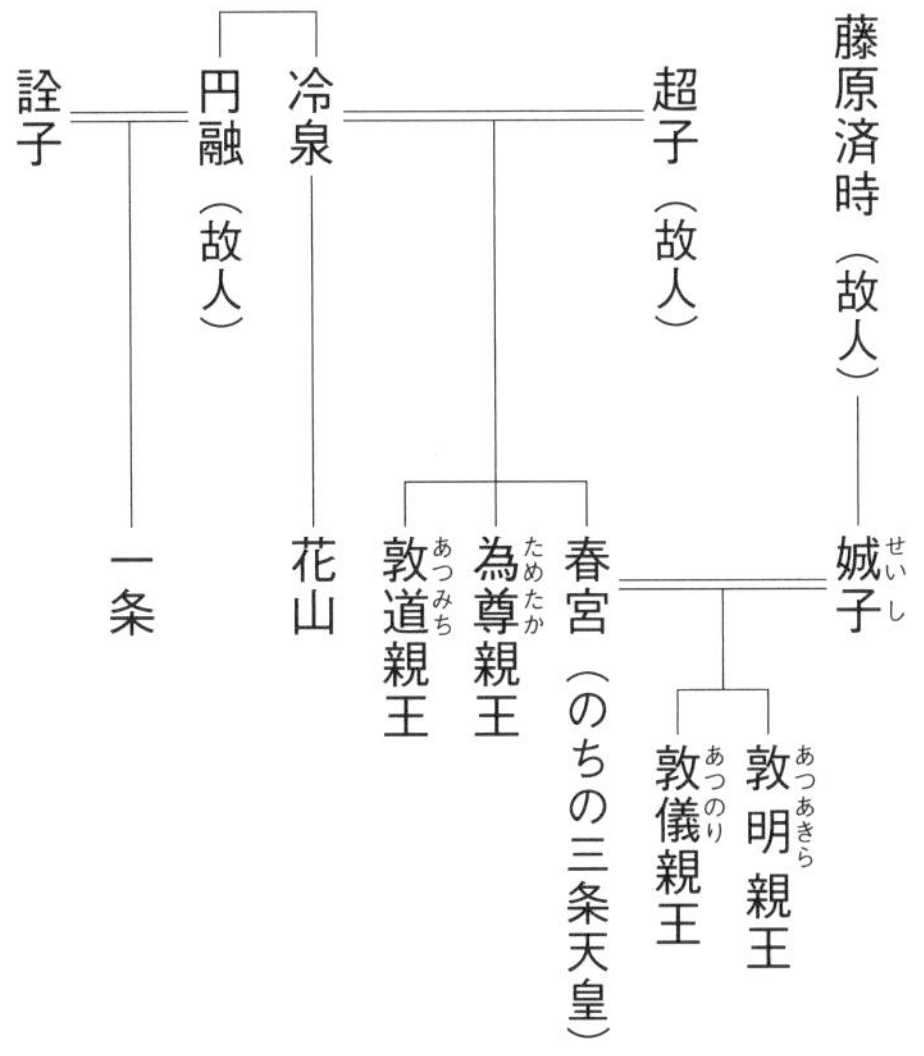

これを見てもらえば分かるとおり、一条天皇と春宮は従兄弟同士。ただ問題なのは、春宮の方が四つ年長だということ。

長徳四年（998）正月の段階では、一条天皇には定子の産んだ女子がいるのみで、男子はまだ一人もいないの。それに対し、春宮の方にはすでに男子が二人も生まれていたのよ。おまけに春宮には二人の弟までいて。

この状況では、一条天皇の血筋はここで終わってしまうわ。天皇本人はもちろん無念でしょうけれど、本人以上にそのことに心を痛めていたのが、詮子さまよ。

「あの右大臣（顕光）の娘だと思うと少し不安だけれど、それでも、男御子を産んでくれるなら誰でも構わないわ」

あの頃、よくこんなことを二人で話していたわねえ。顕光どのは、どうも人間的に締まりのない愚かな人物で（「小右記」長和五年正月二十七日条）、おまけに酒癖も悪かった（「紫式部日記」寛弘五年十一月一日条、「御堂関白記」寛弘七年正月十五日条）から、ついつい愚痴っぽくもなったものよ。

ともかく、元子の無事出産を祈るのはもちろんだったけど、詮子さまと私は他の策も考えることにしたの。本音を言えば、道長どのの娘、彰子が早く大人になってくれればと思っていたけれど、これればかりは月日を待つより他はなかったし。

ここで、候補に挙がったのが、他ならぬ私の実の娘、尊子《そんし》だったの。父親は道兼どのよ。身分血筋から言っても、詮子さまとの関係から言っても申し分ないでしょ？　道長さまも賛成してくれたし。生前の道兼どのには見捨てられたような娘だったけど、いくらか運が向いてきたかも、って思ったわ。

入内したのは長徳四年の二月十一日のことでした（「日本紀略」長徳四年二月十一日条）。

ただ、その直後、道長さまが倒れちゃったのよ。

現代の人からすると、この人、権力者の印象が強いから、ぎらぎらした男を連想するかもしれないけど、ね、ここで会ってみて分かるでしょ、けっこう華奢だし、あんまり健康的とはいえなくて、おまけにストレスには案外弱いし……。何よ、本当のことでしょ？

長徳三年の秋にも何度か寝込み、天皇がわざわざ行成を遣いに立てて見舞ったことがあったわよね。この時は幸いどうにか復帰できたけど、長徳四年の春の病には、なんだかもう死にそうなくらいの重苦しい空気があったんじゃやなくて？


いやはや、繁子どのに出てこられては叶いませんな。

確かに、あの頃、私は死を覚悟していました。

「物《もの》の怪《け》の仕業です。お気を確かにお持ちください。さすればすぐに快復されましょう」

家の者たちはそう言って私を励まそうとしたが、自分ではこんなことを考えていた。

物の怪として私に害を為すと言うなら、まずはこの二人だろう。

――道隆兄上。高内侍どの。私をお恨みですか。

しかし、伊周と隆家は、自業自得ですよ。そうではありませんか。私が陰謀を企んだわけではありません。

陰謀というと、この人の名も浮かぶ。

――道兼兄上。あなたに恨まれる覚えはない。

尊子のことは大事にしますよ。むしろ生前のあなたこそ、彼女を顧《かえり》みなかったではありませんか。

朦朧《もうろう》とする頭でそんなことを考え並べていると、身内で争い、互いに恨みを買い合う、そんな我が出自、一族そのものが疎ましくなってくる。

――いっそ、出家してしまおう。

兄たち、父、伯父たち、さらに遡って多くの父祖たち……。この世に未練を残し、物の怪になって彷徨《さまよ》う死に方はしたくない。

私はこの時、本心からそう思ったのだ。父兼家や、伯父兼通のように、地位に対する強い執着心を以て生き延びようと志すには、三十三歳の私はまだ覚悟が足りなかったのだろう。

「殿さま。頭の弁どの（行成）がお見舞いに来られました」

「そうか……。では、直接対面すると伝えよ」

三月三日のことだ。当時行成は蔵人頭だったから、天皇に私の意思を伝えてもらおうと、言葉を振り絞った。

「出家したい。ついては、帝に大臣を辞したい旨を伝えてほしい」

「左大臣さま。なぜそんな弱気なことを……」

「良いのだ。ともかく、頼む」

行成はやがて去って行ったが、深夜遅くになってふたたび姿を見せた。

「帝は、『病は邪気の仕業だ。出家を志すほどの道心があるなら、むしろその気持ちを病平癒に向けよ。祈禱のための僧侶を八十人、賜《たまわ》ろう』と仰せです」

「ありがたいことだが……」

その後私は、五日、十二日と、計三度にわたって辞意を表明したが、天皇はその都度、言葉を尽くして思いとどまるようにと命じてきた。勅命により、私の病平癒を祈るために法《ほっ》性寺《しょうじ》での祈禱や囚人の赦免といったことも行われた（「権記」長徳四年三月三日条、五日条、十二日条）。

――まだ生きて、この世で、戦えと。

それが宿命。ならば……。

病が少しずつ癒えるに従って、私は己の今後の途を改めて見据えるようになった。

実は、私の辞意を翻させようとする天皇の言葉の中に、こんな一節があったのだ。

……外戚の親舅、朝家の重臣、天下を燮理《しょうり》し、朕の身を輔導《ほどう》する事、当時、丞相《じょうしょう》に非ざるより、誰人か在らんや。

外戚であり、重臣であって、天下を治め、朕を輔導する者は、そなたの他に誰があるというのか。

相変わらず定子に執着する天皇が、この言葉をどういうつもりで私に投げかけてきたかは分からない。ただ病床の私が、まだこの身が存《なが》らえるなら、この言葉どおりに生きるしかないと決意したことは、言い添えておこう。

私は四月二日にどうにか出仕することができた（「権記」長徳四年四月二日条）ものの、なかなか本復には至らず、身体をだますようにしてなんとか夏を乗り切った。ただこの夏は暑さが厳しく、体調を崩したのは私だけでは無かったらしい。行成はよく見舞いに来てくれたが、むしろ彼自身の方が体調が悪いこともあったようだな（「権記」長徳四年七月十二日条）。

その夏の終わりの六月、とんでもない珍事が出来した。

「承香殿《しょうきょうでん》さまは……」

「それは面妖な。いかなる怪奇か」

悪い噂は、広まるのが早い。

お産のために実家に帰っていた元子に、産み月を過ぎてもいっこうに御子誕生の気配がないのを心配した父親の顕光は、彼女を太秦の広隆寺に参籠させた。すると、あろうことか、元子は寺でそのまま産気づいてしまった。

今の人には考えにくいだろうが、当時、お産は穢《けが》れとされていた。だから、本来は寺でそうしたことがあっては仏罰に当たる。さりとて、まさかそこから動かすわけにもいかず、やむを得ずそのまま様子を見ることにしたらしいのだが……。

「お体から出て来たのは水だけだったそうだ」

「血すら流れなかったというのは本当なのか」（「栄花物語」浦々の別）

あくまで噂であるし、女体のことは、私には察せぬことも多いが、ともかく、元子はそれからしばらく、我が身を恥じ僂んで、実家にこもりきりになったようだ。

——これはやはり。

尊子はそれなりに寵愛を受けているようだが、残念ながら身ごもったという話は聞かれなかった。天皇はやはり定子に執着しているようで、公卿たちの誹りにも構わず、相変わらず機会を作ってはこっそりと寝所を共にしている様子だった。

——彰子を。

翌年（長保元年）には十二歳。すぐに身ごもるというわけにはいくまいが、わが娘が後宮にいるという形だけでも示しておきたい。天皇に対しても、他の公卿たちに対しても、大きな影響力を持つはずだ。

これ以後、私は姉上と相談しつつ、彰子入内へ向けての動きを早めた。天皇にも、ことあるごとにそれを仄めかした。

「兄上が生きていた昔ならいざ知らず、今の定子がまた子を産むのは、世間が承知しないでしょう。彰子がいずれ、御子を産んでくれるのが一番良い」

姉上はそう言うと、彰子を引き立てるべく、いくつものお膳立てをしてくれた。

「母親である倫子どのの格を上げておきましょう。高内侍などみなが忘れてしまうように」

姉上の根回しのおかげで、長徳四年十月二十九日、倫子に従三位が授けられた（「権記」長徳四年十月二十九日条）。

「こうしておけば、彰子が入内する折、倫子どのも付き添って帝に対面することができる。大切なことよ」

后でもある伯母の強い助力を得て、長保元（999）年二月九日、彰子はまず、裳着《もぎ》を行うことになった。裳は袴の類で、正装の際に着用する。つまり裳着は、男子の元服に相当する女子の成人儀礼だ。することは現代の成人式にも似て、要するに髪を正式に結い、晴れ着をきちんと着付けた姿を近親者に披露し、祝いの宴を催すというものだ。

「おお、雨が上がったな」

前夜は雨だったのだが、幸い当日はすっきりと晴れた。

「太皇太后さま（昌子《しょうし》内親王。朱雀天皇皇女、冷泉天皇中宮）からでございます」

「東三条院さま（詮子）からでございます」

「春宮さまからでございます」

太皇太后、皇太后、春宮から、それぞれ祝いの品として、髪飾りや装束、馬が届けられた。

「中宮さまからでございます」

定子からの贈り物は、香壺一揃いであった。どういう心境で贈ってきたのかは、分からないが。

「おめでとうございます」

「おめでとうございます」

右大臣顕光、内大臣公季、大納言源時中《ときなか》……。夕刻には土御門殿にほぼすべての上達部《かんだちめ》が駆けつけ、楽の音とともに盛大な酒宴となった（『御堂関白記』『小右記』いずれも長保元年二月九日条）。

――こんなに晴れがましい裳着のできる娘は、彰子の他にはあるまい。

その翌々日には、天皇から「彰子を従三位に叙す」旨の仰せが伝えられた。入内前の女子にこうした叙位があるのは破格のことで、天皇の配慮（むろん、姉上あってのことであるが）が感じられることだった。

「あとは、いよいよ入内のお支度ですわね」

「ああ。頼りにしているよ。北の方さま」

こうした晴れがましさの裏に、倫子のめざましい働きがあったことは言うまでもない。彰子付きの女房の選抜、調度や装束の支度など、倫子なしではとても事は運ばなかっただろう。私は改めて、この人を妻にできたことに感謝した。

こうして入内に向けての準備がすすめられていた六月十四日、内裏が全焼するという事件が起きた（『日本紀略』）。

現代の感覚では、天皇の御所が火災で焼亡するなど考えにくいかもしれぬが、この頃は内裏の建物からの出火はままあることだった。

「一条院へお移りいただけ」

こういう時は、公卿の誰かが邸を提供して、仮の宮中とする。これを里内裏《さとだいり》という。この時は、詮子姉の所有していた一条院（以前、花山法皇と伊周の一件のあった邸だが、その後所有権が姉に移った）をお使いいただくことにした（ちなみに、この「一条」が、天皇の諡《おくりな》「一条」の由来である）。

この火災と前後して、私にとっては危惧していたことが明らかになった。

定子が再び懐妊したのだ。

ここから、公卿や殿上人たちが、私と天皇との顔色を見比べ、窺う動きが激しくなる。

「大夫どのが辞表を出したそうだ」

「後任はどうなるのだろう?」

「さあ。引き受ける者はおらぬだろう」

ここで言う大夫とは中宮大夫《ちゅうぐうのだいぶ》（中宮に関する事務を扱う役所である中宮職の長官）。私も昔、道隆兄が健在の頃にはつとめていたことがある。

実はこの時に大夫だったのは平惟仲《これなか》。実は彼、繁子どのの再婚相手なのだ。だからこれまでの経緯もあり、定子が子を産む世話をするのは御免被る、という気持ちになったのだろう。

さらにはこんな噂まで飛び出すようになった。

「内裏が焼けたのは、入ってはならぬ人が中へ入ったからでしょう」

「唐が傾いたのも、そうしたことからでしたな。則天武后《そくてんぶこう》でしたか」

則天武后——唐の高宗の皇后となり、のちには武周朝《ぶしゅうちょう》を建てた女性だ。後世の評価は知らぬが、我らの間では国を滅ぼした希代の悪女と考えられていた。

この則天武后は、若い頃に一度尼になったのに、その後に高宗の後宮へ入ったという経緯があったらしい（氣賀澤保規『則天武后』）。

分かるか？　これは貴族たちが、定子のことをあてこすっているのだ（「権記」長保元年八月十八日条）。「一度尼になった女が内裏に入ったから焼けたのだ」と。

実際、どうやら天皇にはこの年の始めから、自分が職の御曹司（136頁参照）へ忍んでいくのではなく、定子をこっそり内裏へ呼び寄せて寵愛していた形跡があった（「枕草子」職の御曹司におはしますころ）。いかに密かにしたところで、天皇のすることだ、人の口に戸は立てられぬ。

言っておくが、これらは別に、私が企んだわけではないぞ。あくまで、貴族たちがこういう噂をするようになったということだ（私への忖度はあろうが）。

とはいえ、私自身も天皇には苛立っていた。彰子の入内は目前なのに、なぜそこまで定子にこだわるのかと。

愛？　なんだそれは。天皇にそんなものが許されるか。

思い知らせてやる——というと、いささか言葉が激しくなるが、それに近い行動に出たのは事実だ。

八月九日。私はこんな知らせを公卿や殿上人たちに出しておいた。

「宇治の別荘で宴を催す。ぜひ参加されたし」

この遊興の誘いに応じたのは、公卿では異母兄で大納言だった道綱と、参議の斉信だけ、殿上人もさほど多くはなかった。

——良いのだ。これはこれで。

朝から宇治へ行き、翌日になって京へ戻ってきて、私は自分の狙いがおおよそ当たったことを知った。

実は八月九日は、定子が出産に備えて職の御曹司を引き払い、私邸に下がることになっていた。

名目上は中宮の行啓《ぎょうけい》（公式な行列、おでまし）だから、しかるべき者が所定の儀式を司り、供をする必要がある。しかし、多くの者は左大臣たる私から宇治行きの誘いをもらっている。

どちらを選ぶ？　私はみなに揺さぶりをかけたのだ。

――さて、誰がどう出たのか。

私の宇治への誘いを「物忌《ものいみ》」「病」などと称して断った者の名は分かっている。それとなく聞いてみると、どうやらそれらの者のほとんどは、定子の行啓への供奉についても、同じような口実で断ったらしい。

――帝。現実を思い知っていただきましょう。

後見人、支援者のない女に、后はつとまらぬのだ。そこを、天皇には分かってもらわねばならぬと、私は考えていた。

ただ、この件では行成にずいぶん迷惑をかけてしまった。彼は天皇に命じられて、なんとか定子の供をしてくれる者を集めるよう、駆けずり回ったらしいから。

さて、いよいよ表舞台に上がった我が娘、彰子の宿命だが。

天、あるいは神仏とは、よほどいたずら好きな者らしい。

彰子はこの年の十一月一日に入内し、七日には正式に女御の称号を得て、天皇の訪問を受けた。祝いに訪れた人々の賑わいは、裳着の時以上のものだった（「御堂関白記」「権記」長保元年十一月七日条）。

ところが。

この同じ十一月七日の早朝、定子が男子を産んだのだ（「小右記」長保元年十一月七日条）。

「出家者のくせに」

出産が世に知れると、こんな声が世間では多く聞かれた。
こうして尼の定子が皇子を産んでしまったことで、天皇と私との関係は、複雑さを増していくことになるのだが。おや、式部ママ、何か言いたそうだな。反論でもあるか？

行成コーナー

貴族たちの記録

この時代のことと言うと、後宮や人事の話ばかりか——と思われるかもしれませんね。一応補足しておきますと、たとえば長徳三年には、高麗《こうらい》との外交関係に緊張が来したり（「小右記」六月十三日条）、九州諸国では海賊による乱入があったりして（「権記」「小右記」いずれも十月一日条）、私どももそれなりの対応に追われていたのですよ。

式部ママの「源氏物語」などでは、そうした男性貴族たちの実務的な面には触れられておりませんから、貴族というと雅で長閑に歌ばかり詠んでいるように思う方があるかもしれませんが、決してそんなことはありません。そのあたりは、「小右記」（藤原実資）

や、「権記」（私の日記です）、そして「御堂関白記」（道長さま）なんかに書いてありますから、ご興味のある方は、ぜひ一度。最近ではこれらを現代の言葉に訳した本もございます（倉本一宏、吉川弘文館、及び講談社学術文庫）。

それから、さきほど定子さまが御産のための場所がなかなか確保できなかったというお話がありましたが、そのあたりは「枕草子」に詳細がございます（「大進生昌が家に」）。なにぶん清少納言さんの筆なので、惨めな様子はあえて書かない強がり満載の記事になっておりますけれど、そもそも中宮が、「前但馬守」（「日本紀略」長保元年八月九日条）でしかない、平生昌風情の邸でお産をするというのは、とても異例なことだったのです。

四　式部、娘を授かる

いえいえ、反論なんて、そんなだいそれたこと、とんでもない。

ただ私はこの頃、帝のお噂を聞いてむしろ、「そうか、やはり帝も人でいらっしゃるのだ」と、不思議な感銘を受けていたのです。ただそれが、まわりの人に受け入れられず、多くの人の不幸や不快につながってしまうのが、とても悲しいことだと。

身分や境遇に縛られることが、現代の方にはきっと想像出来ないくらい多かった頃ですから。人が、とりわけ女が生きていくのはなんて不自由なのだろう――定子さまのお噂を聞いて、そんなふうに思うこともありました。

こんな思いが後に、私に「源氏物語」を書かせることになるのですが、それはもう少し先の話になります。

グレンモーレンジ、もう一杯いかが？　つまみには、オレンジピールのビターチョコがけをお勧めするわ。

長徳四年の春に京に戻った私ですが、宣孝さんと結婚したのは、その年の冬でした。帰京から結婚までに間があったのは、流行病（「権記」長徳四年七月十四日条）や洪水（「権記」長徳四年九月一日条）なんかもあって、この年がなんだか騒がしかったからでしょうか。

ただ、それでも宣孝さんはずっと私に思いを寄せ続けてくれましたから、物事をつい突き詰めて考えがちな私も、さすがに宣孝さんを頼りに思うようになりました。

私と結婚した時の宣孝さんは、従五位上右衛門権佐兼山城守。「右衛門権佐」っていうのは、いくつもある大内裏の御門を警護する司である「衛門府《えもんふ》」の職名です。つまり、武官ってことね。

衛門府は左と右との二つで構成されていて、そのうちの「右」、「権佐」は次官を表す「佐」に「権」がついているから、「次官補佐」くらいの役職かしら。

兼任になった山城守、山城国は都のある国ですから、国守といっても地方へ行かなくて良いのが、ありがたい職だったと思います。

結婚して間もない頃は、宣孝さんの仕事は順調で、生活は華やかでしたから、彼から話を聞くのは楽しく、訪れを心待ちにする日々でした。

六月に内裏で火事があった（150頁参照）時は、衛門府につとめる者として忙しく立ち働いたそうですし、また八月には大和や山城で大人数の強盗が世間を騒がせていて（「平安遺文」380）、守としても衛門府の者としても気の揉める日々だったとか。

また、彰子さまのお祝いがあって（153頁参照）数日後には、こんなこともありました。

「今度は、少し来られない日が続くけど、許してくれよ」

「まあ、どういうこと？」

「宇佐使《うさのつかい》として、宇佐へ行くことになったんだ」

豊前国の宇佐神宮は由緒のある御社です。古には、道鏡の皇位継承問題などで朝廷と関わったことも知られています。この道鏡の事件以後、朝廷は新帝のご即位など、ことあるごとに宇佐へ使者を立てて、国の安寧を願ってきました。これを宇佐使と言います。

宣孝さんが選ばれたのは、三年に一度遣わされる恒例使でした。

「出発はいつ？」

「今月の二十七日だ」

「お帰りは？」

「そうだなあ。来年になってしまうだろうなあ」

「そう……」

もちろん寂しくはありましたが、うれしくもありました。

だって、勅使に選ばれるというのは、とても名誉なことなんです。あとで聞いたことですが、宣孝さんは出発にあたって、帝に拝謁し、禄《ろく》を賜った（装束をいただくのです）んですって（『権記』長保元年十一月二十七日条）。

禄を賜った時は、それを肩にかけたまま、「拝舞《はいぶ》」をするというお作法があります。短い舞と丁寧なお辞儀を合わせた所作です。宣孝さんはそういう所作がきれいな人でした。

そういえば道長さまからは、こんな指図があったのだって、うれしそうに申していました。

「今年は天変地異が頻発している。また九州では他国から侵略される恐れも依然としてある。そうしたことを神にきちんと報告するように。それから、内裏が焼失して帝が一条院においでのことも、くれぐれも忘れずに」

大切な勅使を無事につとめて、宣孝さんが京へ戻ってきたのは、翌年の二月三日でした（『御堂関白記』長保二年二月三日条）。

「お帰りなさい。おつとめご苦労さまでした」

「うむ。やあ、やはり京は良いなあ」

帝と道長さまに帰京の報告をした翌日、宣孝さんは私のもとに来てくれました。

「九州には良い馬がたくさんいてね。選りすぐりを二頭引いてきて、左大臣さまに差し上げたら、喜んでくださった」

「まあ馬を」

「『これから春宮御所へ行って宮さま方と蹴鞠《けまり》をするのだ』と仰せられていた。いかにも京へ戻ってきたなあと感じたよ」

道長さまが、春宮さまや弾正宮《だんじょうのみや》さま（為尊親王）、帥宮《そちのみや》さま（敦道親王）と蹴鞠をなさる（『権記』長保二年二月三日条）なんて！　もちろん、拝見なんてできるわけないのですけれど、こうした上つ方の行事や遊びの話は、想像しただけで心が華やかになります。

「ただね、ちょっとよく分からない話を聞いたのだ」

「分からない話？」

「うむ。あなたは漢籍が好きだから、もしかしたら先例とかが分かるのかなあ。藤壺女御さま（彰子）が、近々立后なさる予定だというのだ」

「ええ？」

中宮なら定子さまがいらっしゃいます。どういうことなのでしょう。

まさか定子さまを廃后にでもするとか――？　ご兄弟が一度罰を受けられたと言っても、ご自身に何の咎もない上に、帝のご寵愛も深いのですから、そんなことが出来るとも思えません。いくら道長さまでも、さような強引な方法があるのでしょうか。

「そんなことって、前代未聞だと思うけれど」

「だよなあ」

この話については、宣孝さんとはそれ以上深く話すことはありませんでしたけれど、後々、いろいろと知ることになります。あ、行成さん、下を向いてしまったわね。あとで聞くわ。

宣孝さんには別に正妻があり、その他にも関わりの深い女性がいましたから、すべてが平穏というわけではありませんでしたけれど、こうして私の人並みの——何が人並みということなのか、自分で言っていておかしな気持ちですが——結婚生活は、しばらく続きました。

そうして、私はこの年、子どもを授かりました。女の子です。

宣孝さんと相談して、「賢子《けんし》」と名付けました。

思えばあの頃が、一番幸せだったのかもしれません。

五　詮子、息子に手を焼く

そうね、子どもが小さい頃って、その時でないと味わえない幸せがたくさんあるものね。とか言いながら、母ってだんだん強く、どうかすると強引になってしまうのだけど。

彰子立后の件。私から話しましょうか。

なにしろ、定子が皇子を産んでしまって、一方彰子は、女御になったと言っても、ようやく数えで十三歳。すぐに懐妊は望めないでしょう。

だから弟が、なんとか娘を中宮にして、重々しさを増しておきたいと考えるのは、よく分かっていたけれど、いくら出家していても、定子が中宮であることは否定できないし。

そうしたらある日、道長が妙に力強い表情で私のもとにやってきたのよ。

「姉上から帝を説得してください」

「そなたの気持ちは分かるけれど。ただ、そのためには、正当で説得力のある理由が必要よ。そんなの、あるかしら」

「それなら用意してあります」

驚いたわねえ、行成。そなたって、なんて知恵者なのかしら。敵に回したくないわ。

それはこんな考え方だったの。当時、「后」の資格がある人が私も含めて三人いたのよ。私と、例のスバラの遵子と、定子。

でもこの三人、三人ともこの時点で出家していたのね。まあ定子の出家にはいろんな見方がありそうだけど、少なくとも当時の私たちの認識ではそうでした。

これについて、行成はこんな見解を述べたのよ（「権記」長保二年正月二十八日条）。

「我が国は神国です。神事はもっとも重んじられなければなりません。なのに、后である方がみな仏門に入られていては、この神事催行に支障が出ます。本来なら現中宮については廃后にすべきところですが、帝の深いご恩もあることですからそのまま留め置くのはまあ良いでしょう。でもそれならば、もうお一人后を立てるべきです」

あらら、行成、どうしてそうやってこそこそ奥へ引っこもうとするの？　堂々となさい。私は、この案で天皇を説得することにしたわ。

でも、この時の天皇はなかなか、我が息子ながら面倒でした。ねえ、道長。

はい。あの折は本当に、世話になりました。姉上にも、行成にも。

行成は妙案を捻出してくれただけでなく、蔵人頭として天皇に直接たびたび進言してくれた。彼の恩には、末永く報いたいと心から思ったものだ（「権記」長保元年十二月七日条）。今だって、こうしてこの店を一番の贔屓にしているのは、式部ママはもちろんだが、行成への感謝でもあるのだから。

さて、忘れもしない。正月の十日に、どうにか許しが出たというので、陰陽師の安倍晴明《あべのせいめい》に儀式の吉日を問い合わせてすすめようとしたら、「やはりまだ待て」と言われて、いったんご破算になったこともあったのだ（「御堂関白記」長保二年正月十日条）。ずいぶん気を揉んだことだった。

ようやく正式に、天皇からの勅使が彰子のもとに遣わされたのは、正月二十八日のことだ。晴明にもう一度吉日を問い合わせたのは言うまでもない。

立后の儀は二月二十五日に執り行われ、この日から彰子も中宮となった。ただ、同じ帝に中宮が二人では何かと支障があるので、彰子を中宮、定子を皇后と呼ぶことも定められた。

しかし、ほっとしたのも束の間だった。

「なに、また身ごもっただと」

三月二十七日、定子が一条院を出て、また平生昌の邸へ行くという知らせがあった。

――三人目ではないか。なんと忌々しい。

晴れやかな彰子立后の諸儀式の裏で、天皇はそれでも定子を寝所に召し続けていたらしい。

折も折、彰子立后のために奔走し続けてきたせいか、私はこの夏もまた体調を崩すことになり、五月には、政務を一時的に右大臣の顕光に代わってもらわねばならぬほどの事態に陥った。

――せっかくここまでこぎ着けたのに。

身体が弱ると気も弱る。一昨年の悪夢が蘇るようだった。

それでもふたたび快復できたのは、ひとえに、まだ十三歳と幼いのに、中宮という立場の重圧をよく理解して健気に誇り高く振る舞っている娘彰子、またその彰子と私を支えてくれる倫子、さらにここまで私を引き立ててくれた姉上、といった私をとりまく女性たちのおかげであったように思う。

「お気持ちを強く持って。子どもは彰子だけではありませんのよ。父上がそんなに情けない有様では、幼い者たちが困るではありませんか」

倫子の強い言葉は、きっと私を鼓舞するためであったのだろう。

彼女は前年、女子（威子《いし》）を産み、二男三女の母になっていた。自身の出産と彰子の入内、この気丈で壮健な女性は私のために大きなことを二つも成し遂げてくれたのだ。

秋になる頃、どうにか出仕ができるようになった私だったが、この年は冬に向けて疫病が流行して多くの死者が出るなど（「日本紀略」長保二年十二月条）、世は騒然としていた。

「たいへんです！　女院さま（詮子）の御所で火が」（「権記」長保二年十二月十五日条）

「なんだと。すぐにこちらへお移りいただけ！」

姉上はその頃、方違えのため、三条にある平惟仲（繁子の夫）の邸に滞在していた。

三条から移ってきた姉上は、よほど怖い思いをしたのだろう、土御門殿に着くなり倒れ、正気を失ってしまった。

「すぐに加持《かじ》を！　祈禱師を呼べ」

慌ただしく指図をしていると、姉上付きの女房たちの方から「ぎゃあっ」という面妖な悲鳴が響いてきた。

何事、と見る間もなく、何かを振りかざしながら、私に襲いかかってきた者があった（「権記」長保二年十二月十六日条）。

――道隆兄？

そんなはずはない。

「物の怪か。容赦はせぬぞ」

冷静になれ。己に言いきかせる。

──繁子ではないか。

髪は逆立ち、叫び声を上げているので普段とはまるで違う形相だが、間違いはなかった。

「静まれ！」

私はとにかく彼女の両腕を摑み、取り押さえると、やむを得ず手足を縛って床に引き据えた。

「何でもそなたの思うようになると思ったら大間違いだぞ！」

およそ繁子とは思えぬ太い大声の叫びだった。

──道兼兄？

ばかな。尊子のことで恨んでいるとでも言うのか？　仕方ないではないか。子でも産んでくれればもう少し盛り立てようもあったが。

「何をしている！　早く祈禱を」

やがて繁子は、疲れ果てたのかぐったりとしてしまった。

繁子どの、本当にあの時のこと、記憶にまるでないのか？　思い出しても身の毛がよだつというのに。

「殿。頭の弁どの（行成）がおいでです」

「おお、ありがたい。すぐに通せ」

私は姉の病と、たった今現れた物の怪について相談するつもりだったのだが、行成が告げたのは思いがけぬことだった。

「帝がすぐにおいでをと仰せです。皇后さまが……」

定子がどうしようと知ったことではないとの私の心中を見透かすように、行成が声を低くしてさらに言葉を続けた。

「お産で、お命が危ないと」

「なに」

その日、定子は女子を産んだ。だがそれは、己の命と引き換えとなった。

一方、姉上は、安倍晴明の祈禱（「権記」長保二年十二月十六日条）のおかげで事なきを得た。正気に戻った繁子どのは、自分のしたことをまるっきり覚えておらず、たいそうばつが悪そうで（今もかな？）、もちろん、私も姉も彼女を咎めることはしなかった。

定子の死――あとから考えると、これが私と式部ママとを結びつけることになるのだが、それはまた、後ほどにするか。

おい、私にもグレンモーレンジを。

六　式部、最愛の夫を喪って

道長さまは、もちろんストレートですね。行成さん、お願い。

さて、皇后さまが亡くなられたことは、宣孝さんから聞きました。

でも、世間の人の心って、分からないものですね。

それまでは、「ご出家の身で帝のご寵愛を受け続けるなんて」と多くの人が誹っていました。伊周さまも隆家さまも、お産の危うい皇后さまのためのご祈禱さえご自分たちでは満足に行えないほど（「権記」長保二年十月六日条、十二月七日条、「栄花物語」とりべ野）、人が寄りつかない状態にあったそうです。ご葬儀も、とてもわびしい有様で執り行われたとか（「権記」長保二年十二月十七日条）。

でも、亡くなってしばらく経つと、世間はまるで掌を返したように「お気の毒だ。快活で素敵なお后さまだったのに」と、口々に惜しむようになったの（道長さまの耳に入らないようこっそりと、ではありますけれど）。

疫病で大勢の人が死んでいたことも影響したのかもしれません。

身内を亡くして、心沈んでいた人も多かった頃でした。皇后さまは疫病で亡くなったわけではありませんけれど、世の無常を痛感していた人々にとっては、暗い世相をその身に背負って亡くなられたように見えたのだと思います。

そのせいでしょうか、当時、まだ若いのに世を捨ててしまう、有望な貴公子の方々などもいらっしゃいました。スターの方の自殺に後追いが出るのに、似ていたかもしれません。

後々、私は皇后さまの辞世の歌とも言うべき歌を知りました。ご自身で命の終わりを感じていらっしゃったのでしょうか、御帳台に結びつけてあったそうです。


よもすがら契りしことをわすれずは　恋ひん涙の色ぞゆかしき

一晩中お約束くださった、私への変わらぬ心をお忘れでないなら
私を恋しく思って涙を流してくださいますね？　その涙の色をぜひ拝見したいものです

「栄花物語」とりべ野、「後拾遺和歌集」哀傷536

皇后さまは、本当に帝を深く思っておいでだった。またご自身が深く愛されていることも信じていらっしゃった。そのことがよく伝わる痛切なお歌だと、僭越ながら心打たれました。

そうして、涙の色、と言えば。

あの、朱の点々を散らして私を笑わせてくれた夫、宣孝さんが、この翌年の四月二十五日に亡くなってしまったのです（「尊卑分脈」）。

私は彼の正妻ではありません。だから、いっしょに住んでいませんでした。

「ちょっと具合が悪いんだ。治ったら必ず行くから」

そんな手紙の言葉を、私はいつもの、私のもとをなかなか訪れないことへの言い訳だと思っていました。

またですか、忙しいの？　それとも、他の女に心を惹かれているの？　なんて。

でも、違ったのです。彼は呆気なく、逝ってしまったのです。流行病だったのでしょうか。

見舞うこともできず、看取ることもできず。

なぜこんなに早く逝ってしまったの？　百年の縁だと約束してくれたはずでしょう？

紅の涙が私の目から流れたかどうか――それは分かりません。

ただただ、私の目に映った世の中から、あらゆる色が消えていきました。

そうして、やり場のない思いが、ひたすらに深まっていった、長保（１００１）三年でした。

七　詮子、誇り高き最期

そうだったのね。ずいぶん辛い思いをなさったこと。

現世での死は、死にゆく者も、残される者も、悲しみが尽きぬもの。

式部が残された者の悲しみを語ってくれたから、私は死にゆく者の悲しみ、心残りを語りましょうか。

それにしても、まさか、千年余も経ってから、こうしてあの頃のことを語り合える日がくるなんて、思いも寄らなかったわね。

定子のことは、痛ましく思っていました。あの子だって彰子だって、私の姪で、かつ息子の后であるのは同じなのに、兄弟の過ちのせいでこんなことになってしまって。

ともあれ、彼女が亡くなって私の一番の気掛かりは、三人の孫たちのことでした。私は当然自分が面倒を見るつもりで、天皇にそう伝えたのです。

ところが、思いがけない返答が、やはり行成を通して返ってきました。

「御子さま方のご養育は、御匣殿《みくしげどの》がこのまま宮中でなさるとのご意向です」

御匣殿というのは後宮の部署で、衣服を調達する部署のこと。定子の妹がこの長官をつとめていて、定子が存命の頃から姉の子育ての右腕のような存在だったのね（「栄花物語」とりべ野）。

息子は、母である私より、そちらを信用しているのだろうか。そう思うと悲しくなりました。考えてみると、親子なのに、いちいち人を通してしか意思の疎通ができない身分って、やはり窮屈だし、その分誤解やすれ違いも多くなるのでしょう。

それでも、私はせめてと思って、もう少し言葉を尽くしてみました。

「お三方となれば、御匣殿もたいへんでしょう。せめて一番幼い若宮だけでも私に預からせてほしいと、重ねて奏上してくださいな。母を喪った幼い孫を身近でお世話したいという祖母の願いをお聞き届けいただきたいと」

これには息子も折れてくれたようで、ほどなく、末娘の媄子《びし》内親王が私のいる東三条院へと引き取られました（『栄花物語』とりべ野）。私はその時四十歳。現代と違って、四十というのはもう長寿のお祝いをしてもらうような年齢。今で言うと還暦くらいの感覚かしら。道長や天皇が、祝いの儀式を企画してくれていることも聞いていました。

ところが、定子の四十九日が済み、夏が過ぎた頃、道長が急に、敦康《あつやす》親王を御匣殿のもとから引き離し、四人の乳母とともに、彰子のところへ移すと知らせてきたのです（『権記』長保三年八月三日条）。

「何があったの？」

道長から聞かされたのは、天皇がこっそり御匣殿を寝所へ入れているという話でした。

定子の面影を、妹である御匣殿に見ていたのでしょう、私は母としてとても哀れに思いました。でも、御匣殿は単なる女官でしかない上に、定子の死からしばらくして出家していますから、こちらも尼の身。后の立場としては黙って見過ごすわけにもいかず、道長の処置を追認するしかありませんでした。

道長は、私の気持ちを引き立てるように、私の四十賀《しじゅうのが》に加え、敦康親王の袴着《はかまぎ》の準備を急いでくれました。

袴着は三歳から七歳くらいまでの間に行われる成長の祝い。文字通り、生まれて初めて袴を着ける儀式です。現代の七五三のルーツのようなものではないかしら。

十月九日、私の四十賀が盛大に催されました。

賀の席では多くの舞楽が披露されます。選ばれた舞人たちの芸が素晴らしいのは当然なのだけど、元服前の幼い者たちの舞は、また別の趣があってね。十歳の田鶴《たづ》君（後の頼通《よりみち》。母は倫子）の〈陵王〉と九歳の巌《いわお》君（後の頼宗《よりむね》。母は明子）の〈納蘇利《なそり》〉は、本当に涙が出て止まらなくなるほど可愛かったのよ。

ただね、ここでちょっと、道長の態度が大人げないというか、配慮がなかったというか。

私にはどちらも素敵だったけど、客観的に見れば、舞そのものは巌の方が数段上手なのは、誰の目にも明らかだった。それが天皇の目に留まって、巌に舞を指導した多好茂《おおのよしもち》に褒賞を与えることになり、従五位下を授けることになったの。

道長、あの時とっても機嫌が悪かったでしょう（『小右記』長保三年十月九日条）？　まあ、長男でしかも母が倫子だから、田鶴の方を立ててやりたいそなたの気持ちは分かるけれど、ああいう場であんまり感情的になるのは、よくないわ。

さて、四十賀の余韻も冷めやらぬ中、私は石山寺へ参詣することにしました。

当時、名高いお寺は女人禁制も多かった中で、石山寺は、女性も行けるし、京からのアクセスも良い上、琵琶湖のほとりにあってながめもとても良いところだったの。そうそう、式部ママがあそこで「源氏物語」の構想を思いついたというのは、本当なの？　まあそんなこともあっておかしくないくらい、心洗われる場所よね。

私は、正暦二（991）年に、夫である円融天皇に先立たれた後、出家して「東三条院」という院号を（これは女性としては初めてなのよ）いただいているのだけど、それ以来、たびたび石山寺へ参詣しています。観音さまとのご縁を大事にしたかったのね。

でもこの年はなんだか、「来年もここへ来られるかどうかは分からない。だから、すべての景色をこの目にやきつけておかなければ」という、おかしな予感めいたものがあったのです。

この時は、大勢が供として同行してくれましたね。道長はもちろん、異母兄の道綱、それに、行成、源俊賢《としかた》、平親信《ちかのぶ》も（「権記」長保三年十月二十七日条）。改めて礼を申します。

十一月十三日には彰子のいる飛香舎《ひぎょうしゃ》（藤壺）に天皇を迎えて、敦康親王の袴着が行われて（「権記」長保三年十一月十三日条）、私は本当に幸せでした。

異変が起きたのは、その年の暮れ、閏《うるう》十二月の十日頃だったかしら。

――ああ、これはただでは済むまい。

身体にできた腫れ物のせいで発熱し、ひどく苦しむようになったのです（「権記」長保三年閏十二月九日条、「小記目録」長保三年閏十二月十日条）。

「姉上。医師を呼びましょう」

道長はしきりにこう勧めてくれたけれど、私はもう、死を覚悟していました。

「いいのよ、もう。余計なことはしないで」

后として、見苦しい死に方をしたくない。それが精一杯の誇りでした。

道長は自分でしきりに医師と相談し（「栄花物語」とりべ野）、寸白《すばく》という寄生虫による病を疑って、薏苡仁《ヨクイニン》や檳榔樹《びんろうじゅ》、胡桃《くるみ》などを用いて治療したり（服部敏良『王朝貴族の病状診断』）、加持祈禱《かじきとう》はもちろん、恩赦《おんしゃ》などもしてくれていたみたいね。この恩赦では、伊周にも元の位が与えられたとか（「日本紀略」「権記」「小記目録」長保三年閏十二月十六日条）。

「物の怪が大勢いるのでしょう？」

私がこう聞いたら、道長がひどく慌てていたわね。図星だったのでしょう。

天皇の母后。多くの者から怨嗟を浴びるのは、覚悟の上だった。でも、現代の人に聞いてみたいわ。どんなに権力があるとしても、自分の息子にも自由に会って話のできないような地位に、あなたはそれでも就きたい？

そのたった一人の息子がようやく会いにきてくれたのは、閏十二月十六日でした（「日本紀略」「権記」長保三年閏十二月十六日条）。御輿が着いたと聞いてから、実際に顔を見るまでの間の、なんと長く感じられたこと——。

「こんなにおなりになるまでお目にかかれなかったとは、無念です」

天皇の目からは涙があふれていました。美しい涙でした。

一方の私自身の目からは、もう涙さえも出ないほどになっていました。

「そろそろ還御なさいませんと」

お側の者たちが、天皇を促す声が、途切れ途切れに聞こえていました。

今回の行幸は宿泊を想定していないので、御剣は清涼殿（里内裏の一条院の）にあるままなのでしょう。そこを一夜、天皇が不在にするというのはあってはならぬこと。

「こんな折に母のもとを去らねばならぬとは。帝とはなんと罪深い身であろうか」

いいえ。帝の位とはさほどに、重く尊いものなのです。

そう言いたくても、もう私の口からは声も出なくなっていました。

六日後の、閏十二月二十二日。私は、現世での寿命を終えました。

ありがとう、式部。こんなことを、自分の言葉で話せて良かった。

車、呼んでくださいな。失礼するわ。

第五夜　シングルマザーの再出発

一　式部、三十代で初出勤

あら、お客さま、今日も来てくださったの。うれしいわ。

あれから、道長さまも詮子さまも全然来てくださらないのよ。お店、暇で暇で。毎年二月ってそうなのだけど。

そうだ、杏のコンポート作ったの。良かったら召し上がらない？　旬じゃないから干し杏で作ったのだけど、これはこれでおいしくて、ブランデーなんかに合うのよ。ね？

さて。せっかくだから今日こそお話ししましょうね、「源氏物語」を書き始めた頃のこと。

私はその頃、ただただ宣孝さんの喪に服する日々を送っていました。今で言うなら私はシングルマザーになったわけで、父が越前から戻ってくれていたことが、せめてもの救いだったわ。

生前はあれほど恨めしいと思った、宣孝さんの他の妻子とも、彼を偲《しの》ぶ歌をしみじみ、やりとりしたりしました（「紫式部集」42、43）。人の気持ちとは不思議なものです。

ほんの短い結婚生活でしたのに、思い出すことはたくさんありました。はじめて契りを交わした時のこと。訪れが間遠になって恨んだこと。他の女性に嫉妬するあまり、せっかく来てくれた時に不機嫌な顔をし続けたこと。それを取りなそうと滑稽な仕草で見せてくれた舞。私の書いた文を他の人に無断で見せたというので、私が怒ってひどい喧嘩になったこと……。

思い続けていて、世の無常ばかり痛感して、生きる気力が出ない日もありました。

ふと気付くと、娘の賢子がぐったりしています。

「あら、どうしたのかしら」

「いけない、こんなに熱が」

慌てて看病していると、女房のひとりが、どこで聞いてきたのか、「漢竹を飾ると魔除けになるそうです」とみずみずしい竹を飾ってくれました。

私、こうした迷信をあまり信じていません。でもその時は心から、深く深く、その竹に賢子の無事を祈りました。


若竹のおひゆくすゑを祈るかな　この世をうしといとふものから

若竹のようにすくすくと育ってほしいと、こんなに祈っていることだ
私自身はこの世をつくづく憂きものと思っているというのに　「紫式部集」54

この歌にもつい詠み込んでしまいましたけど、人の心って、さまざまな側面がありますよね。

もう何もかもいやだと思っているくせに、執着が捨てられないものも実はまだまだたくさんある。

娘を育てつつ、己の心と向き合う日々が続きましたが、こんな私に、物好きにも言い寄ってくる人もいました。

「宣孝さんが亡くなってまだ一年も経たないのに、こんなふうに近づいてくるなんて」

私にはとてもいとわしく思われてなりませんでしたから、その人のことは拒み通しました（「紫式部集」49、50、51）。

――こういう人への配慮に欠ける男って、いったいこれまでどう暮らしてきたのかしら。浮気者？　それとも、むしろ、どうしようもない堅物？　私のような女に興味を持つなんて、案外酔狂な堅物の方かもしれないけど。

あ、もしかしたら、宣孝さんを知っている人なのかしら。男って、そういうとこ、あるでしょう？　「友達の元妻」につい興味を持つ、みたいな。

ついつい、こんな人間観察をしてしまう私は、その頃から少しずつ、物語を書くようになっていました。

道綱母と呼ばれた女性が書いた「蜻蛉日記」は、「物語ではない、私の体験として結婚生活について書いてみた」と冒頭で記していました。自慢のような、でも次第に深まっていく憂愁、到達する諦観は、夫を亡くしてから改めて読むと、十代の頃に読んだのとはまた違う味わいがありました。

でも私は、日記、つまり個人の体験ではなく、物語の方で、人のさまざまな心の営みを書いてみたい。

これまで読んできたものはどれも、私にはどこか物足りなかったのです。貴公子と出会った女主人公がいともたやすく幸せになったり、継母は常に継子を苛めるものと決めつけて書かれていたり。なんだか人物の造形がありきたりというのでしょうか。

――違う。人にはもっとさまざまな面がある。それを物語にしたい。

私はこう思うようになったのです。

越前にいた頃から、短い、物語の一場面のような文章を書いたりとか、画を見て、その場面の背景をあれこれ想像してみたり（「紫式部集」44、46、47など）といったことはしていました。そうして書いた文章を友人に見せて感想をもらったこともあります。

もう少し、長くて読み応えのあるものを書いてみよう。そう考えて、あらすじや設定を考えていると、時を忘れてしまうほどでした。

訪れた貴公子に思いがけず言い寄られ、心は惹かれつつも、拒み通す女——これは後に、「源氏物語」の帚木《ははきぎ》、空蟬《うつせみ》巻になりました。

貴公子との危険な逢瀬の果てに、頓死《とんし》してしまう女、その女の儚く、宿命に翻弄された半生——これは、夕顔巻に。

そして、その貴公子の生い立ちは、と言えば。思いついたのは、帝に深く愛された、でも確たる後見者のない女性。帝とその女性との間に生まれた、悲劇の皇子——もしかしたらこの桐壺巻の設定を思いついたのには、亡くなられた皇后さま（定子）の影響があったかもしれません（山本淳子『私が源氏物語を書いたわけ』）。

そうそう、皇后さまの妹さま、御匣殿まで亡くなられたと聞いたのは、宣孝さんの一周忌（四月二十五日）が過ぎて、しばらく経った頃でしたでしょうか（「権記」長保四年六月三日条、「栄花物語」はつはな）。噂では、帝の御子を身ごもったままの死であったとか。痛ましいことと存じました。

世間では、身ごもったまま亡くなった女は、成仏できない、なんて言うのですよ。

本当に仏教が人を救うなら、こういう痛い目に遭った女こそ救われるべきなのに、なぜなんだろう。——なんて、人には決して言えない、世の中の「常識」への疑問を抱くようになったのも、この頃でした。

道長さまはこの頃、ずいぶん盛んに法会を催していらしたわ。やはり、詮子さまのことが大きかったのでしょうね。

法会には、私の異母弟で、延暦寺の僧である定暹《じょうせん》も選ばれて奉仕したことがあったみたいです（『権記』長保四年九月二十九日条）。母の違う人ではありましたけれど、少しは交流がありましたから、法会の荘厳な様子を聞く機会もあって。

おやとお思いの方もあるかしら。そうですね、「源氏物語」で、あの風変わりな毛皮を着た姫君、末摘花《すえつむはな》の兄として出てくる、浮世離れした禅師の君の人物像には、この弟の人柄が反映しているかもしれません（岡一男『古典における伝統と葛藤』）。

父の方は、越前守のあとはまた無官になっていましたけれど、やはり一度ご縁ができたからでしょうか、歌人、文人として、道長さまや行成さんから、歌合《うたあわせ》（歌の会）や作文《さくもん》（漢詩を作ること）の会への出席を要請されることがあったようです（川口久雄『平安朝日本漢文学史の研究』）。

子育てに勤しみつつ、友人たちと交流しながら、物語を書いて、時に父から上つ方の人々のお話も聞いて――そんな、ごくひっそりとした私の暮らしぶりが激変することになったのは、寛弘元（１００４）年のことでした。

「どうだろう、先日の話。前向きに考えてくれないか」

「お父さま……」

「そなたが気の進まないことは分かっているが、かといって……」

父の心中は、もうよく身に染みて分かっていました。

道長さまが私に、中宮さま（彰子）の女房として出仕してほしいと言っている、そう聞かされたのは、いつのことだったでしょうか。

まだ五歳と幼い賢子を家に置いて、他家へ上がるのはためらわれましたし、何より、私はそれまで、人中に立ち交じったことがありませんでした。中宮さまの女房ともなれば、朋輩の女性たちはもちろん、多くの男性たちとも交流を持たねばなりません。

噂では、中宮さまのお側には、本来なら宮仕えになど出ないような高貴な家柄にお生まれの方々が、道長さまの強い要望で召し出されているということでした。

十代の頃ならともかく、三十歳を過ぎた今になって、そんなところへ初めておつとめに出る、「家の女」から「女房」になる——晴れがましさより、私はむしろ怖じ気づいてしまったのです。

「左大臣さまは、そなたの文才にたいそう期待なさっている。物語をもっと書こうというなら、援助もするし、便宜も図ってやると、ありがたき仰せだ」

ありがたき仰せ。でもそれは、とんでもない重圧でもあります。

だって、想像してみて。私たちの頃の女には、皆さんのように「学校」というのがないでしょう？　だから、大勢の他人と集団で時間を過ごす、ってことがまったく想像できなかったのです。自分の家にいる限りは、どんなに貧乏でも、周囲は家族と使用人。そのまま結婚して出産も育児もしてきたのに、急に想像を超えるような身分の高い人ばかりのところで、自分が使用人の側になるなんて。

加えて、亡くなった皇后さま（定子）に、いくらか心寄せするようなところが私はありましたから。お目にかかったこともないのに可笑しいと思われるかもしれませんけれど、帝や后といえども人の心はあるのだと痛切に思わせてくださった方でしたので。

直接何らかの手を下したのではないにせよ、皇后さまを悲劇に追いやった道長さま、そのご長女である中宮さまのところへ仕えるのは、なんだか不安でしたし、釈然としない思いがありました。

しかし、父の立場を思えば、とても断れることではありません。

「分かりました、お父さま」

寛弘二年、年も押し迫った、十二月二十九日（「紫式部日記」。ただし、寛弘元年または三年のこととする説もある）。

私の人生に、まったく新しい世界が広がることになりました。

あら、お客さま。いらっしゃいませ、こちら初めての方、ですよね？　でもなんだか、そんな気がしないような……。え？　あなた、まさか！

行成コーナー

歌合

歌合、補足しておきましょうか。

現代で言うと、何が近いでしょうね？「詩のボクシング」なんてのもありますよね。あと、テーマは違うけど、「ビブリオバトル」なんていう、読んだ本の面白さを紹介する会というのがありますね。あんなのも、近いかもしれません。

まず出席する歌人が決められて、左組と右組に分けられます。それから題が与えられます。歌の素材、テーマですね。この題は、前もって知らされることもあれば、その場で与えられることもあります。

式部ママのお父上、為時どのが召された道長さまの会では、「惜夏夜月（夏の夜の月を惜しむ）」「遥聞郭公（遥かにほととぎすを聞く）」「対水辺松（水のほとりの松に対《むか》ふ）」という三つの題だったそうです。漢詩風のお題ですね。

「ビブリオバトル」と違うのは、「誰がいちばん良かったか」を決めるのではなくて、

一対一の対戦形式ってことでしょうか。これは「詩のボクシング」の方が近いのかな。美濃為時どのの相手は源為憲という方でした。蔵人や式部丞を歴任して、その後は、美濃守になっていたといいますから、経歴のよく似た方です。

結果は為時どのの二勝一敗。この判定は、決められた審査員（「判者《はんざ》」と呼ばれます）がします。この時の判者は、当時中納言だった藤原公任さまでした（萩谷朴『増補新訂平安朝歌合大成三』109）。

他に、歌合で有名なエピソードには「百人一首」の四十番と四十一番があります。

〈忍ぶれど色に出でにけり　我が恋は　物や思ふと人の問ふまで〉　平兼盛（右）
　隠していたのに表に出てしまいました、私の恋は
　物思いをしているのですかと人が問うほど

〈恋すてふ我が名はまだき立ちにけり　人知れずこそ思ひそめしか〉　壬生忠見（左）
　恋をしているという私の評判が早くも立ってしまいました
　人に知られないように思い始めていたのに

この二首は、天徳四（960）年に行われた歌合で「恋」を題に詠まれました（『増補新訂平安朝歌合大成二』55）。どちらも良い出来で、優劣がなかなか付けられず、最終的には村上天皇が小声で右の歌を口ずさんだために、かろうじてそちらの勝ちになったと言われます。

二　清少納言、マウント取りに来る

そのまさか、清少納言よ。行成さん、ご無沙汰ね。私もお店をやってるのだけど、転生してまで式部ママと張り合うのはイヤだから、お店の名前や場所は言わないことにするわ。へー、こちらのお客さまは出版社の人なの？　ね、ね、現代の読者には「枕草子」と「源氏物語」、どっちが人気なの？　あとでこっそりでいいから教えてちょうだい。

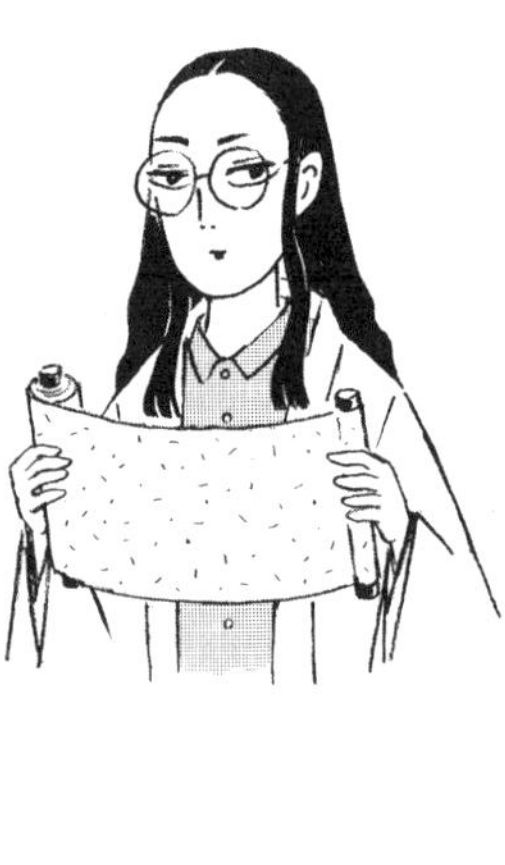

ね、どこまでも張り合う気なのかって？　そうね……。でもね、張り合うって言っても、ママとは実は、今日が初対面よ。ね？　あの頃は直接会ったことはないもの。だって、式部

ママが宮仕えするようになったの、定子さまが亡くなった後でしょ？　私はもう女房はやめていたから。

当時私、もっぱら自分の体験を綴《つづ》っては、それがいろんな人の目に留まるようにこっそり流してたの。そ、「枕草子」の原型よ。

なぜそんなことをしたか？　決まっているじゃないの。世の中の人に、定子さまのことを忘れさせないためよ。どれほど魅力的で、機知に富んで、そして帝から愛されていたかってことをね。

道長さまは、彰子さまを後宮に入れるにあたり、普通なら宮仕えなんてしなくても良さそうな良家の子女をたくさん強引にスカウトして、特別に品の良いお嬢さま集団を編成したのよ。まあ、これまでの女御たちと違う、別格の女御だってことをアピールしたかったんでしょ。

でもね、それはちょっと、作戦としては裏目に出たところがあるわ。ま、私がそうしたようなものだけど。しばらくして、こんな評判が立ったのよ。

「どうも、皆さん品が良いばかりで……」

「左大臣さまには言えぬが、正直、面白みに欠けますな」

「亡くなられた皇后さまのところには、清少納言をはじめとして、打てば響くようなのが幾人もおりましたが」

「中宮さまのところでは、冗談を言っても皆ひそひそつつき合うばかりで、誰も良い反応を返してくれぬ」

「そういえば、清少納言の書いたというあれ、もう読みましたか」

「ああ、『枕草子』ですな。実に懐かしい」

彰子さまの女房集団がはじめ面白くなかったのは、式部ママだって認めていたでしょ？「紫式部日記」に書いていたじゃない？　お姫さまみたいな女房ばっかりで、来客があってもまともに受け答えをしない、なんて。

帝も、内心では窮屈にお思いだったのじゃないかしら。何せ、定子さまのところでは……。

ああ、やめましょうね、おかしなマウント取るの。

で、困った道長さまは、まずは私をスカウトに来たの。まあね、実は私、若い頃は道長さま贔屓で、そのせいで同僚から白い目で見られた時期もあったくらいだから、声を掛けたら来るって思ったのかしら？　甘いわね。

ともかく、私は断ったわ。それだけでなく、「枕草子」の元原稿、どんどん書き続けた。

幸い私、藤原棟世《むねよ》（生没年未詳）っていう年上の人と再婚して（「尊卑分脈」、「範永集」109）、生活の方は安定していたから。

おそらくだけど、そこで候補に挙がったのが、式部ママよ。あなたの「源氏の物語」も、まだ断片的だったけど、あの頃出回るようになってたじゃない。実は私も読んだわ。悔しいけど、すごいのが出て来たって思ったから。

道長さまは、彰子さまの女房集めの方針をお嬢さま系から才女系に転換したのね。だから、式部ママの他にも、赤染衛門《あかぞめえもん》、和泉式部《いずみしきぶ》、伊勢大輔《いせのたいふ》……、そうそうたる顔ぶれが揃った。

そんなとこだったんじゃない？　でも、おかげで、あの頃の文学って面白いわよね。

じゃ、今日はこれで。一度ここ、来てみたかったのよ。でも道長さまと顔を合わせるのがイヤで。また隙を狙って来るようにするわ。

じゃあね。


よう。……あれ？　今出て行った女、見覚えがあるぞ。まさか、清少納言か？

あやつ、若い頃は愛想が良かったのに、定子が死んでからは私を避けてばかりいる。そのくせ文章は次々と書きおって、どうも癪《しやく》に障《さわ》るな。

あやつと違って式部ママは、人見知りが激しかったな。

為時にはかなり早くから打診していたのに、幼い娘がいるとかで、なかなか応じてこず、ようやく彰子のもとに来たのは寛弘二（１００５）年の暮れだったたか？

「源氏の物語」の華やかさとはまるで印象の違う、なんだかぐずぐずした女で、引っ込み思案で。正直当てが外れたかと思ったぞ。お、ちょっと本当のことを言い過ぎたか、すまんすまん。とりあえず、ビールをくれるか。

さて、式部ママが出仕してきた頃は、私にとっては気の揉める時期だった。ともかく、彰子に皇子が産まれないうちは、敦康親王を大切にし、かつ、定子の実家とは距離を置かせるようにせねばならぬ。

いくつかの恩赦の機会などが利用されて、隆家（定子の弟）は長徳四（998）年十月二十三日に「前中納言」の肩書きで従三位に復することが認められて兵部卿《ひょうぶきょう》（兵部省の長官。諸国の軍事を司る）に着任していた。伊周（定子の兄）も長保三（1001）年閏十二月十六日（詮子姉のために恩赦が行われた日）に正三位に復されており、天皇の心中に、「伊周と隆家が敦康親王の後見者となれる可能性を残しておきたい」との強い意向があることは明らかだった。

――彰子が皇子さえ産んでくれれば。

その思いは募るばかりだったが、これればかりは私の意のままにはならぬ。

ここで大きな役割を果たしてくれたのは、妻の倫子だった。

「女院さまの代わりとまではなれませぬが、私が敦康親王さまのお世話をさせていただきましょう。そうすれば、彰子が母代わり、私が祖母代わりであると、世間で認めていただけるはず」

詮子姉が生前、倫子が従三位を授かれるように配慮していてくれたのが、この時も大きな意味を持った。

倫子は、敦康親王の供をしていっしょに天皇のもとへ行ったり、同じ車でたびたび祭見物などに行ったりと、ことあるごとに「祖母代わり」としての存在感を見せてくれた（「御堂関白記」寛弘元年正月十七日条、四月二十日条、九月二十二日条、十月二十一日条など）。

もちろん、日ごろも実子同様に気遣ってくれていたのは言うまでもない。本来母代わりの彰子がまだ十七歳と若かったから、「母親とは」「子育てとは」を、身を以て彰子に見せてくれていたとも言えようか。

だから、敦康親王は本当にわが方の女たちに大切にされたのだ。寛弘二年の十一月十三日には、読書始も彰子の御殿である藤壺で、やはり天皇の臨席を得て行われた。

読書始とは、身分のある男子が学問を開始する儀式だ。前に、式部ママの父為時が、花山天皇のこの儀で、副侍読をつとめたことがあったであろう。

そういえば、この折に侍読をつとめたのが大江匡衡《おおえのまさひら》というのだが、この者の妻は長らく倫子の女房だったのを、大変に歌の才のある者だったので、途中から彰子の方にも仕えさせた。赤染衛門と言って、式部ママとはわりと良い関係だったよな。「紫式部日記」（消息文）には、赤染衛門と匡衡があまりに夫婦仲が良いので、赤染衛門は匡衡衛門とあだ名されていたと書いてあるぞ。

いやいや、話が逸れてしまった。

読書始はめでたい儀だったが、この日、天皇が私には心外な宣旨を出したのだ。

「以後、伊周を朝議に参加させるように」(「小右記」寛弘二年十一月十四日条)――敦康親王への祝いの気持ちだったのだろう。

ただ、私としては良い気はしなかった。表向きは平然としていたつもりだが、おそらくまわりの者は気づいたであろうな。「こんな前例はないぞ」とひそひそ言う者もおった。

私も不快だったが、伊周の復帰を警戒した者は他にもいる。すでに伊周の「席次」は「大臣の下、大納言の上」と定められていたから(「日本紀略」「御堂関白記」「小右記」「権記」寛弘二年二月二十五日条)、朝議に復帰されると、大納言たちにとっては「上に一人割り込まれた」形になる。異母兄の道綱などはさぞ不快に思っていたはずだ。

そんな不穏さが何らか、世の空気に作用するものなのか、読書始の翌々日、温明殿《うんめいでん》(内裏の東側中央にある宣陽門を入ってすぐにあり、神鏡を安置する賢所《かしこどころ》があった)から火が出て、内裏が焼亡してしまった。

「またか」

「一昨年(長保五年十月八日)に新造されたばかりだというのに」

「なんということだ」

こうした災難は何かというと天皇の行動と結びつけられる。私が言うと説得力に欠けるかもしれぬが、「帝が亡き皇后の縁にこだわって伊周どのを異例に引き立てるからこうなったのだ」との思いを持った者もいたのではなかろうか。

結局、亡き姉の御所であった東三条院が里内裏として使われることになるのだが、そこでとうとう、私と天皇とが正面から対立する事態が起きてしまった。

寛弘三（１００６）年正月二十八日。この日は、春の除目、すなわち地方官の人事異動である県召が行われた。

「……伊勢守には、平維衡《これひら》を推薦いたしたい」

右大臣の顕光の提案を、天皇はすぐに認めたが、私はこれに強く反対した。

「お待ちください。その者は、かつてかの地で騒乱を起こし、任地を替えられています。さような者をまた同じ地へ任ずるのは、理解できません」

実は、維衡のこの人事にはもう一つ裏があった。維衡は顕光の家人でもあって、顕光の娘で承香殿女御の元子（146頁参照。水を産んだ女だ）が里下がりの折に住まいとしている、堀河殿の修造を担っているのだ。

過去に不祥事を起こした者なのに優遇するのは、天皇が元子と顕光に配慮してのことに違いないと考えると、私はこれにも不快でならなかった（『御堂関白記』寛弘三年正月二十八日条、及び倉本一宏『藤原道長の日常生活』）。

しかし、天皇は黙ったまま、決定を翻そうとしない。私はつい「では、これ以上の議事は、私の本意ではありません」と除目を打ち切ってしまった（左大臣である私には、議事進行の権限があった）。

大人げない、と思われるだろうか。

されど、私の出自、ここまでの生い立ち、その時の立場からすれば、とにかく彰子の腹から皇子が誕生し、いずれ皇太子に——これが何よりの悲願だったのだ。そのためにならあらゆる手は打つ。当時、四十一歳の私は必死だった。

ああ、思い出していたら、疲れてしまった。行成、次はラフロイグのロックにしてくれ。

三　式部、いきなり出勤拒否

ぐずぐずした女で、すみませんでしたね。ものを書くのと、人と交流するのじゃ、必要な能力が全然違うでしょ？　彰子さまのこととなると、道長さまがあんまり性急過ぎるんです。ともかく、人見知りで内向的な私には、女房づとめは戸惑いと悩みの種でしかありませんでした。

「藤式部でございます」

私の召し名です。藤原氏であること、それから、父がそれまでつとめてきた官職のうち、文人の印象の強かったことから、「式部」が選ばれたようです。

でも、挨拶する私に、他の皆さまは黙って会釈するだけ。誰も何も話しかけてはくれず、私はそれっきり、ただただ黙って、その場に小さくなっていました。何をすれば良いのかも分からないまま。

別に、ちやほやしてほしかったというのではないのです。身の程は、よく弁《わきま》えているつもりでした。

ただ、「源氏の物語」の作者としてお声がかかったのだから、出仕したらそれなりの「何か」があるのかしら、などと思っていたのですが、なんだか皆さん、遠くから私の様子を窺っているだけで、何も話しかけてくださいませんでした。

――どうしよう。

身がすくむ思いとは、まさにこのことでしょう。

「あら、新しい方ね。なら、そこじゃなくて、こちらに控えていた方がよろしくてよ」

おひとりだけ、にこやかにそういってくださった方がありましたけれど、それ以上の会話にはなりません。

中宮さまの御前にもほんのちょっと出ましたけれど、ただ「藤式部です」と名乗っただけ。中宮さまは本当にお美しくてまぶしいようで、磨き上げられたお人形のようでしたけれど、何か用を言いつけられるわけでもなく、私は黙ってまた隅っこに戻るだけでした。

これはとてもいられない。そう思った私はまず自分の局《つぼね》に逃げ帰り、それでも耐えられずに自分の家へ下がってきてしまいました。

「どうしたのだ。もう帰ってくるとは」

父が心配します。無理もありません。

思いあぐねた私は、ほんの少しだけ会話した人に、すがる思いで歌を贈りました。

閉ぢたりし岩間の氷　うち解けば　をだえの水も影見えじやは

皆さんのご様子が私には岩の間の氷のように感じられてしまって。もう少しだけ打ち解けていただけないでしょうか。そうしたらまた参上できると思うのですが

「紫式部集」92

でも、後から思えばこの歌は失敗でした。

深山辺《みやまべ》の花吹き紛ふ谷風に　結びし水も解けざらめやは

私たちは氷などではありませんわ。深山に咲く花といったところかしら。そんな私たちに温もりを与えてくださるのは中宮さまよ。一人で籠もっていないで、ちゃんと出て来て中宮さまにおすがりしてみたら？　そうすればきっと解けるでしょう

「紫式部集」93

凍っているのは、あなたの方でしょ――？

今なら、この時突きつけられた歌の意味がよく分かります。でも、当時の私は、ますます混乱してどうして良いか分からず、職場に戻れなくなってしまいました。

その後、中宮さまから「春の歌を献上なさい」との命令が届いたので、歌を作って贈ったのですが――やはり、私は分かっていませんでした。引きこもっている自分の姿をそのまま歌にしてしまったのです（「紫式部集」94）。しばらく、何のご沙汰もいただけませんでした。今思えば、中宮さまはきっとお困りになっていたのだと思います。

え？　三十路を過ぎた新人がそんなにこじらせていてはまわりもキツかったろうって？　そう言われると本当にぐうの音も出ないわ……。

ともかく、このままではいけない。そう思って、勇気を振り絞って参上すると、今度は先輩のお一人から「あなたのことを、『ずいぶん上臈《じょうろう》ぶっているのね』と批判していた人もいるわ、気をつけてね」と忠告されました（「紫式部集」58）。

上臈ぶっている――上から目線で、お高くとまっている。新人のくせに自分で勝手に長期の休みなんて取って、雇われている自覚のまるでない女と思われてしまったみたいなの。

――どうしよう。こんなにこじらせて。

私はともかく、言動を慎重にしようと心に決めました。うっかり自分の気持ちを打ち明けたりしない。何か尋ねられても（知っていることでも）はきはきとは答えず、「さあ……？」と首を傾げてやりすごす。そうやって、気配を消すようにして、あとは黙ってまわりをひたすら観察――！

しばらくすると、だんだん朋輩女房たちの態度が変わってくるのが分かりました。

「あなたがこんな穏やかな人だなんて、想像もしていなかったわ」

「あんな物語を書く人だから、きっと何かと折をとらえては、歌や物語の知識をひけらかすんじゃないかって」

「きっといつも気取っていて、人を見下すように観察して、何にでも見識を振りかざしてくる人なんじゃないかって、警戒していたのよ」

「なんだか、本当に不思議なくらい、おっとりしているのね」（『紫式部日記』消息文）

こんなふうに言われたのは、半年、いや、一年くらい経った頃だったでしょうか。

――そうだったのか。

「物語」を書くような「才女」。道長さまにはそう期待された私だけど、朋輩たちにはそのせいでとんでもなく身構えられていたの。しかも、朋輩たちがこの時に口にした「物語好み、よしめき、歌がちに、人を人とも思はず、ねたげに、見おとさむ」といった、「想像されていた私の性格」の要素は、顧みれば、本当に私の中に存在しているものでした。

私のような者が、どうすれば多くの人の中でやっていけるか。そのコツみたいなものを、私はようやく見つけたのね。

以来、私は少しずつ、「物語作者」である私の、いわば「素」の要素も時折は見せつつも、まわりの人に高慢だと思われたり、あるいはついつい人を冷たく観察して知らない間に人を見下した気持ちになったりしないよう、上手に自分を御していけるようになったってわけ。

そのことは、中宮さまにも伝わっていったようです。

「いとうちとけては見えじとなむ思ひしかど、人よりけにむつまじうなりにたるこそ」
　そなたと心から打ち解けていくことはないだろうと思っていたのに
　いつの間にか他の人よりずっと仲良くなってしまったわね

「紫式部日記」消息文

　こう仰ってくださった時は、思わず涙ぐみそうになっちゃって。

考えてみれば、中宮さまには、私のように道長さまの期待を背負って新参してきた女房はさぞ疎ましかったことでしょう。

なぜって、道長さまからの期待と重圧にもっとも苦しんでいたのは、他ならぬ、中宮さまご自身なのですから。

「帝に愛されよ。早く子を産め。それも男の子を」

口には出さなくても、道長さまの強い思いは、日々中宮さまを苦しめていたに違いないの。中宮さまはまだ、二十歳にもなっていらっしゃいませんでしたもの。

また、中宮さまが私に打ち解けてくださったことで、お悩みがそれだけではないことや、亡くなった皇后さまのまわりに比して、どうも女房たちの気質が沈みがちの理由なども、少しずつ私には分かってきました。

どうも、中宮さまがまだ幼い頃、察するに、帝に入内されたばかりのことなのでしょうか、思慮の浅い、そのくせ差し出口をする女房のせいで、とてもいたたまれない思いをなさったことがあるというのです（『紫式部日記』消息文）。私が出仕する前のことらしくて、詳しい経緯までは知らないのだけど、もしかしたら、清少納言風を気取って真似て、何かやらかした人などがあったのかもしれないわ。

それ以来、自分自身にせよ、女房にせよ、ともかく無難に、目立たない方が良いのだと、心に深く思い込んでおいでのご様子だったし、女房たちに指図するにも、どこかご遠慮がちに見えたのです。

こうした中宮さまの内向的なご性格が、『枕草子』の流布のせいで、すでに亡き方になっている皇后さまと比べられ続けるというのは、本当にお気の毒に思われてなりませんでした。

宮仕えにようやく慣れた私は、娘のようにと申し上げては恐れ多いことながら、「この方をお支えしたい」――いつしか、強くこう思うようになったのですが――。

一方の道長さまは、帝と中宮さまに、さらなる重圧をかけようとなさいました。

ですよね？　道長さま。

どうぞ、正直にお話しなさってくださいませ。

四　道長、ますますパワーアップ！

式部ママが言っているのは、御嶽詣（133頁参照）のことだな？　寛弘四（1007）年の。その話をする前に、当時の我が家族の状況を語っておこう。つい、彰子のことばかり話してしまったゆえ。

妻の倫子は五人の子の母となり、さらにこの年の正月にまた一人女子を産んで、二男四女の母となった。

彰子がようやく二十歳。それから、昔田鶴君と言っていた長男頼通は十六歳。四年前に元服して、この時は正三位、春宮（のちの三条天皇）権大夫の職にあった。妍子《けんし》が十四歳。この娘はそろそろ春宮に入内させようと考えていた。

十二歳の教通《のりみち》。こちらは前年に元服したばかり。正五位下右兵衛佐は、私の嫡子としては当然の地位だ。他に、八歳の威子《いし》、産まれたばかりの嬉子《きし》。どうだ。にぎやかで良かろう。

本当に、倫子を妻にして良かったと思ったことだ。

明子の方には、四男二女。

以前、頼通よりうまく舞を舞って私をいらつかせた巌君こと頼宗は十五歳。正五位下で右少将。その下に、十四歳の顕信《あきのぶ》と十三歳の能信《よしのぶ》がいて、二人ともこの時従五位上（明子を母とする男子たちの位階や官職は、年齢に比して、頼通や教通と比べると常に低く抑えていた。当時はやはり、嫡子と庶子とは、けじめを付けておく必要があったのだ）。

さらに、九歳の寛子《かんし》、五歳の尊子《そんし》、三歳の小若《こわか》（のちの長家《ながいえ》。「百人一首」で知られる定家はこの長家の子孫）。

総勢十二人の子どもたち。子々孫々までの繁栄を願い、力、栄誉を我が手にと望むのも無理はなかろう。

さて、その繁栄のために、だ。

私は予て何度か計画しながら、なかなか実行に移せないでいた、御嶽、吉野の金峯山への参詣を決行することにした。

これは物見遊山とは違う。修行としての旅で、事前には厳しい精進潔斎《しょうじんけっさい》の期間が設けられる。魚や獣の肉を食べてはだめ、お酒はもちろんだめ、異性と交わってもだめだ。

私は閏五月十七日に鴨川で御祓を行ったのち、潔斎所に移った。もちろん、御山へ同行する者も皆潔斎せねばならぬので、息子の頼通や権中納言の源俊賢など、総勢十八名ほどの者も同じように精進の暮らしに入った。

もちろん政務を滞らせるわけにはいかないので、潔斎所で暮らしつつ、必要な文書などにはすべて目を通していた。

この潔斎は七月まで続き、いよいよ山へ出発したのは、八月二日のことだ。

九日がかり、途中では五日も雨に降られながらの、厳しい行程になった。供物として捧げるため、金銀、絹、紙、米など多くの物を運ばねばならなかったから、行列も大がかりだった。

京からおよそ二十七里（約106キロメートル）、近づくほど道は細く、勾配のきついところも多くなる。

「おっ！」

油断すると、濡れた山道に足を取られ、転びそうになる。

「殿、お気をつけくださいませ」

「うむ」

額には汗が滲むのに、濡れたつま先は冷えて、歩みは思うに任せない。

――負けぬぞ。

この世を、我が手に。

一念のもとに懸命に歩き続け、ようやくたどり着いたのは十一日のことだった。

大峯山寺に着いた私は、多くの経や燈籠《とうろう》を供養した。本尊の蔵王権現にはもちろんだが、ここには子守三所という子宝祈願の場もあるので、そこには特に念入りに参った。

閏五月から続くこの私の行動は、おそらく世の誰が見ても、彰子から皇子が誕生するようにとの悲願によると見えただろう。

ただ、この私の動きを狙ってだろうか、たいへんに物騒な噂が耳に入ってきてもいた。

「帥殿と権中納言殿に、不審な動きがあります」

「帰途を狙ってくるかもしれませぬ。十分に警護を」

「うむ。皆の者、頼むぞ」

伊周（職は「大宰権帥」のまま）と隆家（権中納言）が、伊勢に本拠を置く武家、平致頼《むねより》を抱き込んで、私を暗殺しようとしているというのだ（「小記目録」寛弘四年八月九日条、「大鏡」内大臣道隆伝）。

朝議に復帰できたことで、伊周はふたたび野心を燃やすようになったらしい。何しろ彰子のもとで育てられているとはいえ、今のところ天皇の唯一人の皇子である敦康親王は自分の甥。本来外戚の地位に就くのは自分だったはずだという思いが抑えきれなくなったのだろう。

道中どうぞご無事で――出発前に倫子が祈るように呟いた言葉が改めて身に染みた。

倫子だけでなく、出発の前には、誰も彼もがこう口にした。単に険しい御山への参詣というだけでなく、この物騒な噂のせいでもあった。

「お迎えに参上いたしました」

帰途には、源頼光や平維叙《これのぶ》といった武士が警護に加わってくれて（『御堂関白記』寛弘四年八月十二日条）、私は八月十四日、無事に京へ戻ることができた。

その日のうちに身支度を改め、天皇にも春宮にも帰参の挨拶に行ったから、私の帰還はすぐに人々の知るところとなった。土御門殿には私の無事参詣を祝おうと多くの人が詰めかけていた。

「殿、あちらに」

「ほう、さようか」

見覚えのあるふっくらした顔。さすがに昔よりはいくらかやつれて見えるものの、万事に品の良かった道隆兄の面影を継いだ顔だ。

「帥殿。おいでくださったのか」

私は満面の笑みでヤツを迎えた。

「ご、ご無事で何より」

伊周は自分たちの計画が露見してしまっていると察しつつ、挨拶に来たらしい。顔を出さなければ余計に疑われるから、これは正しい判断だが、さすがにひどくおどおどして、ばつの悪そうな様子だった。

「どうです。久々に双六をしませんか」

私はあえて平然とそう言った。もちろん、これはただの遊戯ではない。互いに所持している高価な調度品などを賭けるのだ。

「殿、いけませぬ」

まわりの者たちがしきりに止めた。伊周が賭け事に熱くなりやすいのを知っているせいだ。

「案ずるな。さ、帥殿」

賽子《さいころ》を振り合うと、案の定、はじめはおっかなびっくりだった伊周が次第に身を乗り出してきて、勝負は明け方まで繰り返された。二人ともだんだんと装束が乱れるのもお構いなしに賽子を振り、その頃にはまわりも面白がってはやし立てるようになった。

伊周が何度目かに足を組み直した、その時だった。

――そんなところに私の名か。愚か者め。

指貫の裾が乱れて、ヤツの足の裏に文字があるのが見えたのだ。間違いなく「道長」とあった。

私の名を足の裏に書いて、踏みつけて歩いていたらしい。私は賽子を入れた筒の尖った先を、ヤツの足にぐいと突き刺した（「大鏡」内大臣道隆伝）。

「痛っ！」

「おお、すまぬな。力が入った。わざとではないのだ」

私は素知らぬ顔をしてヤツを睨みつけた。

――すべてお見通しだ。これ以上あがくな。

私の心底の思いが伝わったのか、どうか。

その日の賭けは、私の圧勝だった。

賭けで伊周から何を取ったのか、とな？

さあ。面白過ぎて、忘れてしまった。


翌寛弘五（１００８）年正月。

私の祈願は、ようやく天に通じた。

ついに彰子が身ごもったのだ（『栄花物語』はつはな）。身ごもったのはもちろん嬉しかったが、天皇がその気配を誰よりも早く察して、彰子に確かめてくれたことも、私には神仏の加護と感じられた。

「これはしばらく厳重に秘すように」

朝廷で正式に明らかにされるのは三月と定められたので、それまでは他言せぬよう、女房たちにも口止めした。

伊周や隆家がまた呪詛など企むかもしれぬ。あの忌々しい足の裏が思い出され、私はいっそう厳しく、彰子、それから己の周辺に目を光らせるようになった。

とにかく、無事にお産を――その願い一色に、その年は塗りつぶされることになった。

五　式部、「源氏物語」を書き続ける

ねえ、お客さまの職場には、「お局《つぼね》さま」みたいな人、いるの？　え、もしかしたら自分がそう呼ばれているかもって思うと不安、ですって。ああ、それはとってもよく分かるわ。私の職場もね、だんだん慣れて、小少将《こしょうしょう》の君という親友と呼べる朋輩にも恵まれ、また中宮さまのご懐妊というまたとない慶事もあって、順調に見えていたのだけど——。

それでも、職場だものねえ。不愉快なことは絶えずありました。中でもいやだったのは、おかしなあだ名を付けられたことです。

「日本紀の御局《みつぼね》」。今なら「『日本書紀』オタクのお局さま」かしら。

きっかけは、恐れ多くも帝のお褒めの言葉でした。なんと帝は、私の書いた「源氏の物語」を女房に朗読させて、お聴きになっていたのです。

「この人は『日本書紀』の講義ができそうなくらい、実に漢籍に通じているようだね」

もちろん、ご冗談ですよ。でも、こんなふうに褒めてくださったのは嬉しう存じました。ただこの帝のご冗談を、左衛門《さえもん》の内侍という女房がいろんな人に言い散らして、私をこんなあだ名で呼んだのです（「紫式部日記」消息文）。

左衛門の内侍の「内侍」は朝廷の女官の職名です。現代風に言うと、女房にも公務員と民

間があって、私のように中宮さまに私的に仕えている人は民間。内侍のように何らかの朝廷の司に奉職している人は公務員です。

その内侍が、なぜだか分からないのですが、妙に私を目の敵にして、以前からあることないこと、陰口を言っていたらしいのですが、この帝のお言葉以来、ことあるごとにこのあだ名をあちこちで言いふらすようになったのです。

本当に困りました。まるで私が、何かというと漢籍の知識をひけらかしているように思われるではありませんか。

せっかく、目立たないように注意深く用心して、人前では「絶対漢字なんか一文字も読めません」というふりをしていたというのに。このあだ名のせいで、上達部や殿上人たちから好奇の目を向けられるようになったのは、本当にやりきれないことでした。

もう、彼女帰っちゃったからぶっちゃけて言うわね。私、漢籍は好きですけれど、清少納言みたいにそれをひけらかすようなやりとりをするのは嫌いなの。じっくり練って文章を綴るのは得意ですけど、臨機応変とか、当意即妙みたいな、そんなチャラいの、期待されても困るんですもの。

ただ、むしろそうした私を、中宮さまはご信頼くださっていたようです。

「式部。お願いがあるの」

ある日のこと、お側に他の人がほとんどいない時に、中宮さまがそっとこう切り出されました。

「何事でしょう、改まって」

お願いなんてとんでもない、何だってご命令くだされば誰だってすぐに従うのに、こんな態度をお取りになるのが、いかにも中宮さまらしい慎ましさです。

「これを、私に解説してほしいわ。どういう意味かしら？」

中宮さまが私に示したのは、「白氏文集《はくしもんじゅう》」の冊子でした。

私を女房づとめにと父に伝えてくださった頃から、道長さまが多くの書物をお集めであることは知っていましたが、それはあくまで帝のご要望に合わせてのことだろうと思っていましたので、中宮さまからこうした文書について尋ねられたのは意外でした。

それから折を見ては、ご質問にお答えしていましたが、そのうち、中宮さまは「もう少し頻繁に、あなたが良いと思うものを選んで詳しく教えてほしい」と仰せになりました。

――帝のために、こんなに。

帝と、もっと心が通じ合うようになりたい。帝のお考えが理解できるようになりたい。話し相手としてふさわしい后になりたい。

はっきりそう仰せになったわけではありませんが、中宮さまのそんな切実な願いは伝わってきました。

「畏まりました。それでは……」

幸い、私は父を通して、漢籍のうちでも帝がどんなものをお好みになるのか、いくらか察することができたのです。

多年稽古属儒墨　多年　稽古　儒墨《じゅぼく》を属《おさ》むれば
縁底此時不泰平　底《なに》に縁《よ》りてか此時泰平ならざらむ
「本朝麗藻」下

これは、「書中に往事あり」と題された、御製の詩の最後の二句です。現代の言葉で表すならば、「長い間、多くの書を読み、孔子や墨子の思想学問を学び、政にはその姿勢で臨んできた。我が世の泰平が実現しないことがあろうか。きっと実現できるはずだ」といった意味になるでしょうか。

帝王としての心。帝はそれを漢籍に学んでおいでになる。そのことがよく表された詩です。

――そうだ。「新楽府《しんがふ》」が良いわ。

「新楽府」は、「白氏文集」のうちでもそうした政治向きの内容を多く含むものです。

七月になると、中宮さまがお産のために宮中から土御門殿に里下がりなさいましたので、その機会に私は「新楽府」のご講義を申し上げるようになりました。

それは、ご出産が無事に済んで、中宮さまが宮中に戻られたあとも、長く続きました。

さて、そのご出産のことを、まずはお話ししないとね。

この時私、道長さまから特別な仕事を与えられました。「ご出産にまつわる諸儀式のめでたさ、華やかさを、こまかに記録しておくように」と。

おそらく、道長さまは、「枕草子」に対抗せよ、とのおつもりだったのでしょう。そのご期待に添えたかどうかは分かりませんけれど、ともかく、中宮さまのご実家での日々を私はできるだけ詳細に綴りました。

絶えず流れる遣り水の音、それと重なるように響く安産祈願の読経。お苦しみを顔に出さず、落ち着いておいでの中宮さまの高貴なご様子。

やがて産気づかれ、寝殿内が白一色に模様替えされた中で、仏のご加護を願うために髪を少し削いで受戒された中宮さま、物の怪たちに憑依《ひょうい》されて叫ぶ寄坐の少女たちの声……。

無事、皇子さまがご誕生になったのは、九月十一日のことでした。陣痛が始まったのが九日ですから、お側にいる私どもはほぼ二日、生きた心地がしなかったわ。中宮さまがとても小柄で華奢な方であることも、私たちの不安を募らせました。

どうしても、この時のご出産のことをお話しし始めると長くなっちゃうから、できるだけかいつまんでお話ししますね。詳しく知りたい方はどうぞ、「紫式部日記」、読んでみてくださいな。

皇子ご誕生で、土御門殿は沸き返りました。お祝いの儀式と宴が続く中、中宮さまはやはり相当お体にこたえたのでしょう、ただただ眠っておいでの日々が続いたのは、お労しく思えました。

対照的にはしゃぎぶりが目立ったのは道長さま！　ある時など、皇子さまをお抱きになっていたら、そのお小水が道長さまのお召し物にかかってしまったことがあったのですけれど、それさえも「こんな嬉しいことはない」なんておっしゃって、にこにこなさっていました。

十月十六日には、帝が土御門殿へ行幸なさいました。帝と御子とのご対面は通常、宮中へ参内して初めて叶うものなので、こうした例はなかなかないことです。やはりすべてに恵まれた皇子さまということでしょう。

この日に、皇子さまに親王宣下（皇子であることを正式に認める宣旨を下すこと）がありました。お名前は敦成《あつひら》親王と申し上げます。

体調が少しずつ快復された中宮さまは、私にさらにとても名誉な仕事を与えてくださいました。

「参内の日までに、あなたの物語をきれいな草子に作りましょう。帝への献上の品にしたいの」

なんということでしょう！

「源氏の物語」はすでに、あの藤原公任さまが、宴の席上、「このわたりに、わかむらさきやさぶらふ」（このあたりに、若紫はいませんか）と私を探して発言してくださるほど、多くの読者を得るようになっていました。もちろん、帝も読んでくださっていたのは、前にもお話ししたとおりです。

余談になりますけど、私が次第に藤式部でなくて、紫式部と呼ばれるようになったのは、こうした公任さまみたいな方があったせいでしょうね。主人公光源氏の禁断の恋の相手は藤壺宮。その人の姪で面差しも似ている少女がのちの紫の上。藤の花は紫色が多いでしょ？　だから私の召し名の「藤」が「紫」へと変換されたというわけ。

ちなみに、このお店の名前を「ゆかり」にしたのは、源氏物語の中で光源氏が紫の上を強引に我が物にした（ホントは犯罪よ。詳しくは奥山景布子『フェミニスト紫式部の生活と意見』をどうぞ）そもそもの動機が、藤壺宮との「ゆかり」（血縁）にあった、つまり「ゆかり」が物語の大切なキーワードだからよ。

あら、脱線し過ぎね。そんな私の物語を、中宮さまは「きれいな冊子に作りましょう」と言ってくださったの。だから、字の上手な方に清書をお願いして私の原稿と料紙をお渡しし、戻ってきたものを順に綴じる。これがもっぱら、私の仕事になりました。

十一月十七日、完成した草子と共に、私は中宮さま、それから皇子さまのお供の一人として土御門殿から一条院へと移りました（内裏は火事の後、まだできていなかったのです）。

この頃、私は自分の気持ちが少しずつ変化していくのを改めて感じつつあったのですが――。そのことは、また後ほど、お話しさせていただくわね。

六　道長、孫を抱く

何度思い返しても、この年は本当に素晴らしい年だった！　ついに我が孫、我が血を引く皇子が誕生したのだから。そなたにも何かごちそうしよう。ん、またギムレットだと？　そなたなかなか強いな、あれはアルコール三十度くらいあるだろう。ま、良かろう、行成、頼む。

翌寛弘六（１００９）年正月三日には、晴れがましく天皇の御前で皇子の「戴餅《いただきもちい》」の儀を行った。これは、餅を子どもの頭に三度触れさせて前途を祝うものだ。

「才学は祖父の如く、文章は父の如く」

こう唱えて行うのが慣例だ。もちろん、父は一条天皇、祖父は円融天皇だが、恐れ多くも祖父は私でもあるのだし、祖母を考えれば倫子と詮子姉である。

亡き姉上にぜひこの様子をお目にかけたかった、どれほど喜んでくれただろうかなど、さまざまの感情があとからあとから湧いてきて、私は思わず涙ぐんでしまった。

彰子は皇子を産んでから明らかに表情が変わった。心が安定したというか、自信がついたというのか。それも私には嬉しかった。

しかし、かようなめでたい気分を台無しにする出来事が起こる（「権記」寛弘六年二月一日条）。

「左大臣さま。実は、かようなものが……」

一月三十日、宮中へ出仕した折、役人のひとりが声をぐっと潜めて私にあるものを密かに手渡した。

――これは。

一片の木札。ただし、それはただの木片ではなかった。毒々しい朱墨で判読不明な記号がびっしり書き込まれ、辛うじて読めたのは「急々如律令」（この主旨を心得て、大至急、律令のごとくに実行せよ）の五文字だけ（水口幹記「僧円能《えんのう》作成の厭符と彰子・敦成親王・道長への呪詛」）だ。

「これは、誰が見ても厭符《えんぷ》ではないか」

「はい、清掃を行った仕丁《しちょう》（下級の役人、下男）から届けがございました」

「さようか。……まずは、内密にせよ。決して他言してはならぬ」

私はそれを懐に入れて――本当は入れたくなかったが、なにぶん大切な証拠の品なので――急いで自邸に戻った。

――捨て置けぬ。

ともかくぞっとする。足の裏に自分で文字を書くような子どもだましとはわけが違う（あれだって十分気味の悪い不愉快なものだったが）。本職の陰陽師か僧侶が念を入れて作ったものであることは明白だった。

翌日、行成を家に呼び、さっそくこの件について相談することにした。

行成は内密に関係者の動向を調べてくれ、「播磨介明順と民部大輔方理《かたまさ》の態度が明らかに不審だったという証言を得ました」との報告を寄せてくれた。

高階明順と源方理。間違いない。二人とも、伊周の縁者である。高階明順は伊周の叔父（高階貴子の弟）で、源方理は伊周の義兄（妻の兄）だ。

また、数日経つうち、この厭符を作成したのは円能という僧侶であること、呪詛の対象は彰子、敦成親王、私であることが分かり、すぐに円能への尋問が始まった（「政事要略」）。

円能はなかなか口を割らず、杖で身体を打つ「拷訊《ごうじん》」（拷問）という手荒な手段も用いられたようだ。

さて、この拷訊の末に円能がようやく白状したことによると、呪詛の依頼者は高階光子《みつこ》。この女は、定子の叔母（高階貴子の妹）で、かつて道隆兄に宣旨として仕えた女房でもあり、弟の明順らを語らって企んだものらしい。

「敦成親王さま、中宮さま、左大臣さま。このお三方のせいで、帥殿のご運勢が台無しになっている。よって呪詛せよとのことでした」

円能の供述から、光子の使用人など複数が順に捕らえられ、この呪詛が昨年の十二月、つまり敦成親王の百日の祝いの頃から始まっていたことも明らかになった。

このことで、伊周にいかなる処分が及ぶか。私は天皇の決断を待った。

実は、天皇はこの正月の七日に伊周の位を引きあげ、正二位に叙していた（「公卿補任」寛弘六年条）。この時点の正二位は、左大臣である私、右大臣の顕光、内大臣の公季、大納言の道綱、権大納言の実資と斉信の六人。権帥でしかない伊周をこの六人と同列に並べようというのは、まだどこかで定子腹の第一皇子、敦康親王の後見者としてヤツの席を確保しておきたいとの天皇の意思の表れとしか思えなかったから、私は苦々しく思っていたのだ。

――どうなさるおつもりか。

呪詛の首謀者ではないにせよ、伊周に何の沙汰もないのは、世情が許さぬはずである。私はじりじりしながら二月を過ごした。

勅が下されたのは、二月二十日だった（「日本紀略」「権記」寛弘六年二月二十日条）。

「こたびの呪詛の一件、事の根源は伊周にある。こちらから特に召し出さぬ限りは、出仕してはならない」

私はほっとしていた。どうしても、ヤツの顔を見ると、亡き兄たちを思い出して、それはそのまま、いつぞや繁子に憑《つ》いた物の怪のぞっとする記憶へとつながってしまう。

この呪詛事件が決着すると、入れ替わりにふたたびの慶事の気配があった。

「中宮さま、ふたたびご懐妊の可能性がおありだそうです」

なんと素晴らしい。

私はふたたび、例の記録を続けるように命じた。もちろん式部ママにだ。

実は、この頃もなお、「枕草子」は新しい雑文が書き加えられて流出していた。ただ、さすがに敦成親王が誕生してからは、定子の名を口にする者は減ったようだ。加えて、「源氏の物語」が長く書き継がれて、その人気が高まっていたり、また伊周が出仕を停められたりと、少しずつだが「枕草子」を面白がる世情ではなくなっていった。

そこへ、彰子のふたたびの懐妊だ。式部ママにさらに筆を尽くさせ、彰子こそが名実ともにまたとない后であることを、世に改めて誇示しようと、私は考えたのだった。

さ、今夜は早めに帰るとするか。厭物のことなど思い出したら、急に酔いが醒めてしまった。続くめでたい話は、折を改めてするとしよう。じゃ、お先に。

七　式部、ワンナイトラブ事情を明かす

道長さま、お帰りになりましたね。今日、もう看板にしちゃいましょ。その代わり、お客さまには、道長さまには言えないことをお話しするわ。

ご命令をいただいて、彰子さまのお側で「記録者」「観察者」の立場にいた私としては、あの呪詛事件の一部始終、本心では「どこまで本当だろう」という疑いが拭いきれなくて。

もちろん、口が裂けても言えませんせん、繰り返しますけど、あくまでここだけの話、オフレ

コで。くれぐれも、道長さまには聞かせないでくださいね。

呪詛の厭符、道長さまがご自身で行成さんにお見せになったそうですけれど。

もしかして、行成さんを巻き込んだ自作自演、ってことはないのかしら。あら、行成さん、下を向いてしまいましたね。この人、察しが良くて聡明だから、何もかも百も承知で動いたのではと、私は密かにずっと疑っています。

あら、いいのよ、無理に白状しなくても。私の独り言だと思っていて。

帝は、第一皇子である敦康親王を次の皇太子にするために伊周さまをなんとか引き立てよう、政界に復帰させようとなさっていました。その願いを完全に潰すために、道長さまが仕組んだ呪詛事件だったとしたら。

この一件のあと、帝はずいぶんご体調を崩されていました。二月二十五日には御手水間《おちょうずのま》でぐったりとされて起き上がれないほどだったそうですし（「権記」寛弘六年二月二十五日条）、四月六日には風病《ふうびょう》（中枢神経系に属する病の総称。服部敏良『王朝貴族の病状診断』）も発症されたとか（「権記」寛弘六年四月六日条）。

一縷の望みの綱を道長さまに断ち切られたことへの落胆が、帝の病の根源だとしたら……。

それに、この件に関わったとされた方々、とてもご赦免が早かったのです。

伊周さまは三ヶ月後の六月十三日には朝廷への出仕を許されています（「日本紀略」寛弘六年六月十三日条）。直接呪詛に関わったわけではないからでしょうか。

でも、翌年の寛弘七年十二月二十九日には円能法師も獄舎からお解き放ちになり、源方理さまももとどおり四位に復帰なさいました（『権記』寛弘七年十二月二十九日条）。光子どのなど、いち早く逃亡してしまって（『権記』寛弘六年二月五日条）、その後捕まったかどうかさえはっきりしないのです（角田文衛『平安人物志　下』）。

呪詛が本当だったなら、こんなに早くご赦免になるかしら……？

ふっとこんなふうに物事の裏側を推測してしまった私は、自分のいる場の恐ろしさに震える思いがしました。

ただ、この赦免については、別の理由かもしれないわ。というのは、呪詛事件から一年も経たないうちに、伊周さまがお亡くなりになったの。

時の順にお話ししますと、彰子さまは寛弘六年の十一月二十五日に、皇子さま（敦良《あつなが》親王）をご出産なさいました。帝にとっては三の皇子、彰子さまご自身にとってはお二人目の男子です。

帝の後宮に入られてほぼ十年。ようやく報われたのみならず、ご運は大きく上向いて花が開かれつつつついらっしゃったということでしょう。お側にいて、ご様子をつぶさに拝見し、文章として綴らせていただいたことは、本当に女房冥利に尽きるとしか言いようがありません。

翌年（寛弘七年）の一月十五日にこの敦良さまの五十日の祝いが行われ、私の記録係としてのお役目はここまでで一区切りとなりました。

おそらく、この知らせは伊周さまの耳にも入っていたことでしょう。

彰子さまが皇子をお二人も儲けられた。道長さまはいよいよ権勢を振るっていらっしゃる。彰子さまの妹、妍子さまを皇太子さまの後宮に入れようというご準備も着々と進んでおいででした。

伊周さまが、こうした噂を病床でどうお聞きになっていたことか。

一月二十九日、伊周さまは亡くなられました。その折のご遺言があまりにも哀れだったというので、いくらか噂になりまして、私も少しその内容を承りました。その中にこんな文言があったそうです。

今の世のこととて、いみじき帝の御女や、太政大臣の女といへど、みな宮仕に出で立ちぬめり。この君達をいかにほしと思ふ人多からんとすらんな。それはただ異事ならず、己がための末の世の恥ならんと思ひて

「栄花物語」はつはな

当節のこととして、帝の御女や太政大臣の女といった高貴な筋の人であっても、すべて宮仕えに出ていくようだ。この姫君たちを、これからどんなに欲しがる人が多くなることであろうな。それを言うのは、他でもない、この私にとって末代までの恥になるだろうと思ってのこと

自分の娘たちが他家へ女房としてつとめるのは、末代までの恥――。

実際、伊周さまには女子がお二人ありましたが、そのうちのお一人、次女の周子さまは、のちに私の朋輩、つまり、彰子さまに仕える女房になりました。

伊周さまのお気持ちはよく分かります。

自分の家にいたままだったら、仮に私程度の身分であっても、自分の顔や姿形を人に晒《さら》すことなく暮らせます。でも、他家へつとめる女房はそうはいきません。私たちの時代は、女はできるだけ姿を人に見られないようにすべきだという価値観が強くありましたから、これはとても辛いことだったの。

まして、伊周さまの娘なら、本当なら、自分が天皇や皇太子の後宮に入って、大勢の女房を侍らせる側にいたはず。それが、立場がまるで逆転して、自分たちの家を追いやった側の女性を、主人と奉って、使用人として過ごすことになるのです。

そうした立場の辛さだけでは済まなくてよ。私の書いた「紫式部日記」の、寛弘五年十一月一日条、敦成親王のお誕生から御五十日目を祝う宴の記事なんかを読んでくだされればお察しいただけるでしょうけれど、酔った殿方を上手に忍耐強くあしらったりするのも、つとめのうちなのです。

現代だったらセクシャルハラスメントとでも言うのでしょうか。私もずいぶんいやな思い、危うい思いをしました。住み込みだから、部屋の前に居座られてしまうこともあるし。

そんな暮らしですから、当然、殿方と色恋めいた関係になることもあります。そうした職場での恋愛は、たいていの場合、ちゃんとした結婚とはみなされなくて、どうかするとただのワンナイトラブ、良くてもセフレ扱い。

そんな環境だと人の噂になりやすいから、あることないこと取り沙汰されることも増えます。

道長さまと私との関係はどうだったのか、ですって？　あなたそれずっと気になってたんでしょ？　顔や態度で見え見えだったわ。

さあて、どうお答えしたものかしら。

ところで、召人って言うのですよ、主人筋にあたる男性から、性愛の対象とされる女房のこと。ご存じでした？　セフレとはまた違う響きでしょ。身分の差が歴然とありますからね。

この召人、「源氏物語」にも何人か登場させています。葵の上付きだった中納言の君とか、紫の上付きの中将の君とか。光源氏が主役の頃はほんのちょっとしか出番がないですけれど、後半の宇治十帖では、重要な役どころの人物として一人、描いています。それは、浮舟の母である中将の君（名前が同じ人が何人も出て来てしまうのは、「源氏物語」ではよくあることなのでお許しくださいね）。

この人は、八宮（光源氏の異母弟の一人）の召人で娘まで産んだのに、主人である八宮は自分の子だと認めてくれなかったという設定になっています。ひどいって思われるかもしれませんけど、召人って、その程度の扱いをされることは、珍しくないんです（奥山景布子『フェミニスト紫式部の生活と意見』）。

道長さまにも、そういう召人が何人もいました。名を挙げるのは、ちょっと……。こういうのって、お互い、見て見ぬふりをするものでしょう？　本当のところは分からないし。だから、あくまで噂のあった人、ということでお許しくださいね。道長さまの召人らしいってよく取り沙汰されていたのは、大納言の君、それから小少将の君かしら。彼女たちは二人とも倫子さまの姪でもあったのです（服藤早苗・高松百香編著『藤原道長を創った女たち』）。

小少将の君は、私とは特に仲良しで、局を共有して――今風に言うとシェアって言うのかしら――使っていた頃もありました。道長さまから思わせぶりに「互いに知らぬ男を誘い入れたらどうするのだ？」とからかわれたこともありました（「紫式部日記」寛弘七年正月十五日条）。あれは、もしかしたら道長さま、ご自分のことを暗示していらしたのかもしれませんね。

人のことはともかく自分はどうなのか、って？

さあ、困りました。はっきりしたお答えは、致しかねます。

だって、難しいのですよ。召人の立場って。

道長さまは、確かに魅力的な殿方です。

やっぱり、あれだけのご運に恵まれたお方というのは、それにふさわしい胆力とか、人を見極める目とか、人を思わず従わせてしまう雰囲気とか、そういったものをお持ちなのです。そんな方に言い寄られて、まして、主従の関係にあって、拒絶するってどれだけ難しいことか、お分かりかしら？　想像してみてください。

一方で、倫子さまの目だって気になる。「歴とした北の方さまのお立場から見れば、召人なんて取るに足りないのだから、鷹揚《おうよう》にしていれば良い」なんていうのは、所詮男性の側から見た都合の良い考えでしかないでしょう。人の感情ってそんなに都合良く宥《なだ》められるものではありませんわ。

倫子さまは道長さま以上に察しの良い方でしたから、どの女房が今、道長さまの歓心を惹いていそうかなんて、すぐにお分かりでした。そんな中で、お情けをいただいてしまったら、立ち居振る舞いに本当に気をつけなければならなくなる。

倫子さまだけではありません。朋輩女房たちの目だって怖いんです。

ね、だからこれ以上は、申せませんわ。お許しくださいな。今夜はお開きということで。

第六夜　言い訳したい夜もある

一　道長、帝の最期を言い訳する

おや、そなた、なんだか雰囲気が変わったな？　その頭、何かあったのか？

ほう、推しの雛祭ライブに向けて自分のヴィジュアルを準備中？　それは面白い。なに、そこの路地に出ている人相見からアドバイスをもらった？　ママ、確かあの人相見って、安倍晴明では……。ほほう。きっとその選択、確かだと思うぞ！　楽しめること間違いない。

そういえば、そなたと会うのももう六回目にもなるのか。ずいぶん長く話してきたことだな。いつもよく耳を傾けてくれるから、話し甲斐があるぞ。

せっかくだから、あまり話したことのない、私の言い訳話でもしようか。

長くなったと言えば、一条天皇の御代はすでに二十四年にも及んでいた。寛弘七（101

0）年のことだ。

現代の天皇方の御代はいずれも長いらしいが、私の時代はそうではない。先代の花山天皇は二年足らず、その前の円融天皇が十五年。「天暦の治」と謳われ讃えられた村上天皇（第六十二代。一条天皇の祖父）でさえ二十一年だから、そろそろ譲位の意向が示されても良い頃だった。

何せ、前にも繁子どのが話したと思うが、この時の皇太子、居貞親王（冷泉天皇第二皇子。母は私の長姉である超子）は天皇より年長。寛弘七年の時点では、天皇が三十一歳、皇太子が三十五歳であったから、譲位を当然の流れと考える者は多かったはずだ。

——当然、次の春宮は。

彰子の産んだ敦成親王だ。それ以外にない。

ただ、一つ問題があった。皇太子の後宮には、私に縁のある女子が一人もいないのだ。というより、この頃、皇太子の寵愛は藤原娍子《せいし》がほぼ独り占めしていて、彼女はなんと、男子を四人、女子を二人ももうけていた。

娍子の父、済時は、私の父兼家の従兄弟に当たり、大納言にまでなっていた人だ。もし生きていたら次世代の外戚として警戒せねばならぬところだったが、十五年も前に亡くなっていた。また娍子の兄弟たちはまだ従四位あたりで、参議にすらなれていなかったから、皇太子にははかばかしい後見者がない状態だった。

――となれば。

この場合、即位してもその御代は短くなりやすい。

当事者の私がこう言うのもおかしな気分だが、次の皇太子が敦成親王にすんなり決まれば、居貞親王にはできるだけ早く譲位していただいた方が何かと都合が良いことになる。

とは言っても、世の中何がどうなるか分からない。幸い私には娘が大勢あったので、皇太子の後宮に入れることにした。

次女の妍子は、十七歳で春宮妃となった。二月二十日のことだ。一方の娍子はもう三十九歳で、春宮妃となってもう十九年も経っていたから、若くて華やかな妍子を、皇太子もお喜びくださるものと、その頃は思っていたのだが――この話は後ほどすることにしよう。

さて、これでいずれ、妍子が男子を産んでくれれば、と私の期待は膨らんだが、まずは、天皇の御代替わりと、新皇太子の決定に心を向けなければならない。

この年は、七月十七日に定子の遺児である敦康親王が元服した（「御堂関白記」「権記」「小右記」寛弘七年七月十七日条）ので、その折にもしや何か言い出されることもあるかと思ったが、そこでは特に動きはなかった。

まさか、こちらから正面切って「ご譲位を」と迫るような真似はいくらなんでもできない。かようなことは、天皇自身が、世の中の空気と自分の思いとを見比べつつ考えていくことであろう。

八月十三日に天皇は「絶えてしまっている国史編纂の営みを復活させたい」との意思を示した（「権記」寛弘七年八月十三日条）。「日本書紀」から始まった正史は、「続日本紀」「日本後紀」「続日本後紀」「日本文徳天皇実録」と続いた後、延喜元（901）年の「日本三代実録」を最後に途絶えていた。

村上天皇の時代までは、それでもこの事業は行われていて草稿も残っていたから、検討しても良いかもしれないというので、この件はまず現状の調査を命ずることとなった。

――正史編纂が軌道に乗れば、というおつもりなのだろうか。

漢籍に学ぶ天皇であったから、こうした事業に意欲を見せるのは、理解できた。

ただ、私は正直、じりじりした思いを抱いていた。世の中の空気を天皇に思い知ってもらおうと、少々キツい行動に出たこともある。

たとえば、寛弘八年の二月十五日。

この日、長男の頼通が、奈良の春日大社に参詣した。春日大社は我が藤原氏の氏神だから、勢い、この参詣は大がかりなものとなったのだが、私はそれにかこつけて、宮中の官人たちをこぞって頼通の供に召した。その結果、宮中では天皇の膳に奉仕する者がいなくなった。

「殿上の男は、皆、春日社に参ったのか」――天皇はそう言っていたらしい（「小右記」寛弘八年二月十五日条）。人気の少ない宮中で、天皇はさぞご自分の置かれた立場を考えたことだろう。

陰湿なやり口？　まあ、そう言うなら言えば良い。私には、あの父兼家の血と、願いが受け継がれているからな。

いよいよ事が動いたのは、それから三ヶ月後の、夏のことだった。

五月も半ばを過ぎた蒸し暑い時期、天皇は体調不良に悩まされるようになっていた。二十三日には、寝所から起き上がるのも辛い状態になっていたらしいが、二十五日になるといったん持ち直した。

——これは、ご譲位の意向をお示しになるかもしれぬ。

そう思った私は、大江匡衡を呼んだ。

「お召しにより、参上いたしました」

「おお。そなたに内々で頼みがある。実はな」

「承りました。では、早速」

匡衡は優秀な儒学者で、易占に通じていた。私は、「天皇がご譲位の意思を仰せになるかどうか」を匡衡に占わせようとしたのだった。

しばらくすると、匡衡が慌てふためいた様子で易占の結果をしたためた書状を持参した。

「左大臣さま、これはたいへんなことになりました。豊《ほう》の明夷《めいい》という、とんでもない卦が」

「どういう意味なのだ」

私は思わず、書状をひったくるようにして急いで占文《せんもん》に目を通した。

……この卦は醍醐天皇、村上天皇が崩御なさった折にも出ていた卦でございます。また、陰陽道の方でも、今年は帝にとって「三合厄《さんごうやく》」という特に慎まなければならない星回りであるとされており、この件は昨年春に奏上いたしております……

（「権記」寛弘八年五月二十七日、「日本紀略」寛弘七年閏二月九日条）

「なんと」

私は言葉を失った。天皇には上皇となって、新しい皇太子の後見役として重きを成していただきたいと思っていたからだ。三十二歳の若さで、まさか死に至る病だというのか。

私はひどくうろたえたが、まずはこれを、寝所に控える護持僧に伝えるべきだと考え、すぐに宮中へ向かった。

「慶円《きょうえん》どの。これを」

護持僧は延暦寺の権僧正（律令による僧の序列。権僧正は大僧正、権大僧正、僧正に次ぐ地位）、慶円（944～１０１９）で、法力のある者として信頼されていた。

占文を見るなり、慶円は目一杯に涙をためて「これは、もう私の力では及ばぬということでしょうか」と崩れ落ちた。その様子に、私も不覚にも涙をこぼし、啜り泣きを漏らしてしまった。

その時だ。私がふと顔を上げると、几帳の帷子《かたびら》の間から、顔をもたげてこちらをじっと見つめる天皇と、目が合ってしまったのだ。

――帝！　起きていらっしゃったのか。

まずいことをしたと思ったが、時すでに遅しであった。

私は、あの時の天皇のまなざしを忘れることができない。無念さにうちひしがれた、絶望の淵をのぞくようなまなざしを。

天皇はおそらく、私と慶円が泣いているのを見て、自分の死が近いと覚悟したのだろう。

「大臣。春宮と対面したい」

天皇は絞り出すような声でそれだけ言うと、ふたたび帳台に横たわった。

私はそれから皇太子の御所へと向かった。ただ、これはあとから聞いたことだが、私がいなくなると、天皇はすぐ行成を召し出したのだそうだ。

敦康親王を次の皇太子にしたい――天皇は行成にこう相談したらしい。

これを聞いた行成は、文徳天皇（第五十五代天皇。827～858）の時代に起きた、惟喬《これたか》親王（844～897）と惟仁《これひと》親王（第五十六代清和天皇、850～881）との位争いの先例や、高階一族にまつわる忌々しい噂（文徳天皇の皇女である恬子内親王が、斎宮の任にあった時、掟に反して在原業平と密通して身ごもり、産まれた子が高階氏に引き取られたという噂）などを根拠として、その願いは諦めた方が無難であると説得したということだ（「権記」寛弘八年五月二十七日条）。

今私が言ったことに、間違いはないな？　行成。

そして、この日の出来事について、あとから聞いたことがもう一つある。

彰子が、この日を境に私に恨みを抱くようになったというのだ。

なぜか？ うーむ。それは、あとで式部ママから説明してもらおう。

ともあれ、六月一日には敦成親王の立太子に向けた事務が動き出し（「権記」寛弘八年六月一日条）、さらに六月二日には、天皇が皇太子と対面して譲位の意思を伝え、また敦康親王への配慮を要請した。

ほどなく、陰陽師が譲位の儀式次第について勘案、日取りと場所が定められた（「御堂関白記」寛弘八年六月八日条、「権記」寛弘八年六月七日条）。

六月十三日に天皇は上皇となり、これ以後は、その御所の名から、一条院と申し上げることになる。

しかし、その称号でお呼びできた日はほんの数日だった。

ご自身の死期を覚悟していたからなのだろう、上皇になって翌日には「出家したい」との意思を繰り返し口にされた。ただこれはうわごとのようにしか聞こえず、彰子はじめ、側に付き添う者たちの悲しみを誘った。

「仰せのとおり、ご出家の儀式をいたしましょう」

十九日には、慶円を戒師としてついに出家の儀が執り行われた。と言っても、もうこの時すでに、起き上がるのもままならなくなっていたので、すべてのことはご寝所でということになった。

「帝……」

私はこの時、上皇の髪を洗って差し上げた。

――なんという不思議なご縁だろう。

時に対立し、恨んだこともあった。きっと、上皇の方も、いや、上皇の方はもっと、私を恨めしく思うことが多かっただろう。

しかし、私に今の繁栄があるのは、間違いなくこの方のおかげなのだ。

ただ申し訳ないことに、上皇の最期の旅立ちには、なぜか不手際がついて回ってしまった。

まず、急なことだったので、ご出家のための法服が間に合わなかった。やむを得ず、慶円に従ってその場に奉仕していた前権大僧都院源《いんげん》のもとに、新品の法服が一揃いあるというので、それを取り寄せて装束として奉ることにした。

次には、奉仕の僧侶たちが手順を誤り、髭を剃ってさし上げる前に、先に髪を剃り落としてしまった。これには行成が大変に憤懣《ふんまん》やるかたなく思って、日記にこう書いたそうだな。

「ほんの一時とはいえ、あれではまるで外道（異教徒）の邪悪な人相のようだった。腹立たしいことです。本来なら、まずはお髭を清めてから髪を召されるものなのに」（「権記」寛弘八年六月十九日条）

いやいや、下を向かんでもいい。上皇への忠誠心を思えば、行成の怒りはよく分かる。

それでも、出家の儀が終わると、いくらか上皇、いや、ご出家後なので法皇と申し上げるべきか、ともあれ、そのお顔の色が良くなったように見えた（「御堂関白記」寛弘八年六月十九日条）のだが、それはほんの一日だった。

翌日には新天皇の即位式の次第について、宮中で会議が行われていたのだが、そこに慌ただしく人が入ってきた。

「申し上げます。法皇さま、ご危篤《きとく》でございます」

一条院からの遣いだった。その場にいた者たちはすぐにそちらへ移動することになった。

――ご快復は、やはり無理か。

法皇は浅い呼吸を繰り返しつつ、時々薄く目を開ける。が、そのままた力なく目を閉じる。側には、沈痛な面持ちの彰子が無言のままで寄り添っていた。

動きがあったのは、二十一日の夜遅くのことだった。

「法皇さまが、お目を」

これまで虚ろだった目が、ほんの少しだけ、生気を取り戻して、彰子の方に注がれていた。

「……つ、ゆ、の、み、の……」

口がゆっくりと動いている。歌を遺そうとされているのだと分かった。

　露の身の草の宿りに君を置きて　塵を出でぬることをこそ思へ

　露のようにはかない人の身が宿る草の宿。そこにあなたを置いて、

私は自分だけ、俗世を離れてしまった。それが気掛かりでならない

聞き取りにくい音もあったので、もしかしたら違うところもあるのかもしれぬが、私にはこう聞こえた（『御堂関白記』寛弘八年六月二十一日条。『権記』同日条では、第二句が「風の宿りに」、第五句が「ことぞ悲しき」となっている）。

「塵」は、汚れた世を指す言葉で、浄土の対義語になる。法皇は、彰子を遺して自分だけ出家し、さらに今、浄土へと先立つことの心残りを最期の歌にしたのだ。

多くの人の啜り泣きに、彰子の嗚咽《おえつ》が一際高く響いた。

やがて夜が明け、太陽が高く昇った頃、法皇は僧侶たちの唱える念仏に包まれながら息を引き取った。

その後は、納棺、葬送と儀式が粛々と行われた。亡骸が荼毘《だび》に付されたのは、七月八日のことだった。

ただ、立ち上っていた荼毘の煙が消えゆく頃になって、私はとんでもないことを思い出してしまったのだ。

——土葬にせよと仰せであったのに。

土葬にして、亡き父、円融上皇の陵近くに納めてほしいと、法皇が生前に口にした望みを、私はすっかり忘れていたのだ（『小右記』寛弘八年七月十二日条、『権記』寛弘八年七月二十日条）。

一応、言い訳をしておくと、当時、天皇在位のまま亡くなった場合は土葬、譲位して太上天皇の称号を受けられて後に亡くなった場合は火葬という先例意識ができつつあった。一条院は譲位から間もなかったため、正式に称号は受けていなかったのだが、譲位や出家を私はずっと近くで見守っていたため、太上天皇の先例ですればいい、とばかり思っていたのだ。

いや、今になって顧みれば、心の奥底は、そうではないかもしれない。

土葬では、定子と同じになってしまう。しかも、一条院が言い置いた円融上皇陵からは、定子が葬られた鳥辺野陵を、遠くではあるがはっきりと眺めることができる。

私は、彰子がどれだけ中宮として努力してきたかを知っている。だからどうしても、一条院の仰せのとおりにはできなかった。よって、「忘れた」ふり、素知らぬふりで火葬で通してしまった。

というのは、後々の言い訳だ。きっと誰も信じてくれぬだろう。それで良い。

きっと、式部ママは、彰子から私への恨み言を、数多代弁する気だろう。

それは、甘んじて受ける。それくらいの度量はあるぞ。

どうしたのだ、ママ？　妙にそわそわして。そういえば今日は衣装もいつもよりシックでフォーマルだな。

おや、なんだ、行成、わざわざそなたがドアを開けに走るというのは、これまでに見たことがないぞ。……ん？　彰子！

二　彰子、父にキレた理由

お父さま。今ドアの向こうで聞こえてしまいましたけれど。帝の土葬の件、本当ですか？これまで、どなたからもそんな話、聞いたことがなかったから、驚いてしまいました。

式部、行成、お久しぶりね。千年余も経って、こんな気軽におしゃべりができる日が来るなんて、思ってもみなかったわ。

あら行成、ホワイトレディね、ありがとう。なら、こちらの現代の方にぜひ、ピンクレディを差し上げて。その素敵な髪の色によく似た色のカクテルを。

さて、どこからお話ししましょうか。

私がなぜ、父上をお恨みするようになったのか。事は、寛弘八（1011）年五月二十七日、帝がご譲位をお決めになった時に遡ります。

この日、帝は父上に、「春宮に対面したい」と仰せになったとのことでしたが。

実はその時、父上が帝のご寝所から春宮御所へと至る途中には、私の控え所があったので

す。ところが、父上は、あろうことかその前を素通りなさった。だから、私がご譲位について知ったのは、春宮さまよりも後だったのです。

帝のご譲位という重大事。それを、中宮である私に知らせぬまま、父上は事を進めた。ほんのちょっとでも立ち寄ってくだされぱできたことなのに（「権記」寛弘八年五月二十七日条）。

何も、ご譲位に反対しようとか、さようなつもりはまったくありませんでした。ただ、なぜ一番先に私に知らせてくださらなかったのか。それがあまりに無念だったのです。もう私のことなど眼中になかったと言うのでしょうか。

誰よりも帝に寄り添ってきたのは私です。違いますか。

次の皇太子が私の実子、敦成親王に決まったことも、私の望みとは違っていました（「栄花物語」いはかげ）。

私、お父さまに申しましたね。「敦成親王はまだ四歳。今急いで皇太子とせずとも、兄の敦康親王の次でも十分にその途は拓けています。なぜかような異例をなさるのです」と。でもこの時、父上は「院がお決めになったことだから」と、帝のせいにして逃げてしまわれました。

実子でない敦康親王への私の愛情を、偽善だとか作り話だとか、いやな見方をする人もあるそうですが、断じてそうではありません。

何しろ、敦康親王は、実の母である皇后さまとは三歳で死別して、お顔さえほとんど覚えていなかった。その幼い方を、私は十四歳で養母となって以来、ずっとお世話してきたのです。為さぬ仲、若すぎる母と子ですけれど、いっしょに過ごした時の長さ、濃密さは、決して実の母子に劣るまいと存じます。

私が続けて皇子をもうけ、共に過ごす時がいくらか少なくなったとは言え、私たちには私たちにしか分からぬ絆がございました。その証しに、敦康親王は、ご元服の儀式が無事に執り行われると、一番先に私の御所へ来て、成人した姿を披露してくれました。

そんな親王に、私はお祝いの品として短刀と横笛を贈りました（「御堂関白記」寛弘七年七月十七日条）。笛は、帝が愛して止まない楽器でもあります。あの優しい音色を、きっと受け継がれることと思っておりました。

私の血を引く敦成親王は、すべてに恵まれていました。まだまだいくらでも機会はある。ここで一度敦康親王さまに譲るのが、帝のお気持ちにも添うことだと、私は考えておりました。

でも残念ながら、父上のお考えとは相容れなかったようですね。そんな悠長に構えているうちに、この私の寿命が尽きたらどうする――直接伺ったわけではありませんが、きっとそう思っていらっしゃったことでしょう。

ただ、千年余を経て、父上の辿っていらした半生を思えば、その切実で正直なお気持ちも分からないではありません。

というのは、もしここで敦康親王が皇太子になるとどうなるかを、系図を少し遡って考えてみると、理解できます。

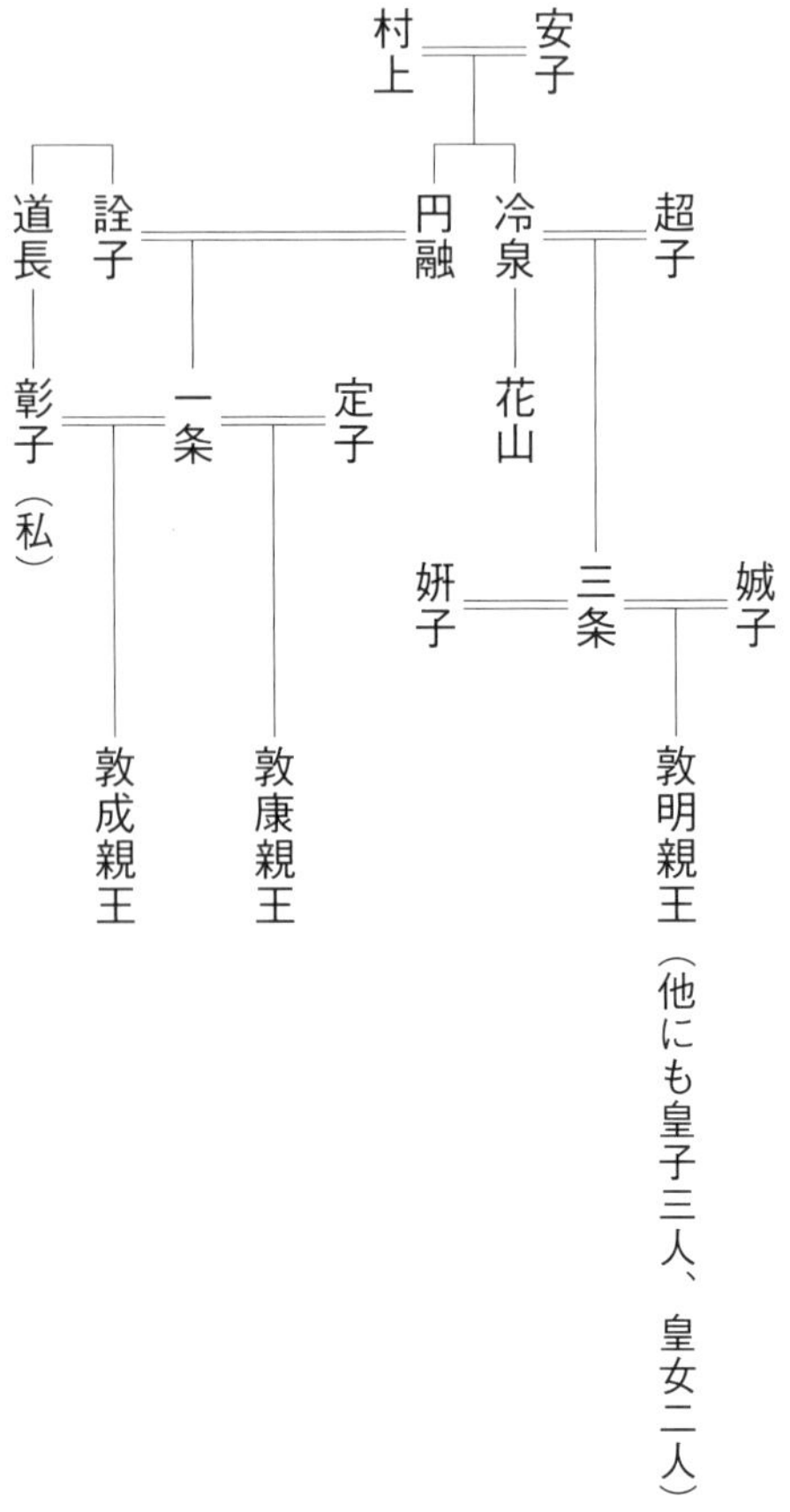

（彰子の希望する皇位継承順）
新帝（三条）――敦康親王――敦明親王――敦成親王

新帝（三条）が、亡くなられた一条院より四歳年長でいらっしゃることは、前にも父上がお話ししたでしょうか。

なぜこんな、妙なことになっているのか？　そちらで驚いていらっしゃるピンクレディにもお分かりいただけるよう、改めてご説明しますと、そのもともとは、冷泉天皇と円融天皇のところにあるのです。

お二方とも、お母上は安子さま。お祖父さま（兼家）の姉にあたる方ですから、父上には伯母に当たられますね。

歴史を語るのに「もし」を言っても詮ないことですけど、兄でいらっしゃる冷泉天皇の御代が長く続けば、かようなややこしいことにはならなかったのです。なにしろ実はご長寿でもいらして、一条院が亡くなられた寛弘八年の秋には、まだご存命だったのですから（寛弘八年十月二十四日没。「日本紀略」）。

ただ、冷泉天皇は、皇太子でいらした頃から気の病をお持ちで、奇行が目立ち（もちろん物の怪の仕業と言われていました。「栄花物語」、花山たづぬる中納言、「大鏡」右大臣師輔伝）、公卿の方々との関係もあまり良好とは言えなかったそうです。

そのため、即位からわずか二年ほどで、弟君の円融天皇にご譲位をなさいました。

ただこうなると、冷泉、円融、どちらの帝の皇子を次の皇太子にするのか、難しい問題になってくるのです。

本来は兄である冷泉天皇のお血筋を優先すべきだ——こう考えると、一条院の皇子方を斥ける考え方も成り立ってしまう。でも、二十五年もの長き御代を保った方の皇子を蔑《ないがし》ろにするのか、というご意見も当然あります。とりわけ、一条院との関係を良好に（一応）作ってこられた父上からすれば、むしろ今後はこちらを重んじたいのは当然。

一方で、新帝には娍子さまとの間に、敦明《あつあきら》親王を筆頭に四人も皇子がおいでになる。もし、私の望みどおり、敦康親王が皇太子になると、「その次」は敦明親王にと、新帝がお望みになるでしょう。それはいくら父上でも拒絶できない。

そうなると、私の産んだ敦成親王が皇太子になるのは「さらにその次」になってしまう。

それでは、父上が「天皇の祖父」になれるのは、ずいぶん先の話になります。

父上も四十六歳になっておいででした。どうやらご自身も、亡き伯父上道隆さまと同じ飲水病（現代の糖尿病）になりかかっているらしいと内々お気づきであった父上からすれば、とてもそんなに待ってはいられないと、自分の思い通りに事を運ぼうとしたのは、無理もないところだったのでしょう。

でも、それは、長らく一条院さま一筋に尽くしてまいりました私には、到底受け入れがたいことだったのです。

父と娘。難しいものですね。今日だって、もし父上と二人きりなら、私はここまで正直に話すこともなかったでしょう。式部、行成、礼を申します。

そういえば式部、そなたの父は、この頃また京を離れることになったのではなかった？

はい、彰子さま。この寛弘八年は、私にとっても忘れることのできない年でした。

二月一日、春の除目で、私の父為時は越後守に任じられました（「弁官補任」寛弘八年条）。父は、そもそも道長さまに引き立てられて越前守になり、私を女房として仕えさせたというご縁があるにもかかわらず、どこか、道長さま、というか、当時の世情に心隔てを置き続けているようなところがありました。

ある時など、せっかく帝の御前での管絃の宴に演奏者として召されたのに、出席しないで帰ってしまったことがあって、私は酔った道長さまに叱られ、ひとしきり絡まれてしまったこともありました（「紫式部日記」寛弘七年正月二日条）。

そんなふうですから、取り立てて出世、というわけにもなかなかいかなかったのですが、こたびの越後守はありがたいことでした。

ただ、父もすでに六十代半ば。老齢になった父を、遠く越後へ送り出すのはなんとも不安なことでしたが、以前の越前のように、私がついて行くわけにもいきません。その頃の私には、やはり彰子さまのお側でのおつとめが最優先でしたから。

「姉上。私が父上とともに越後へ行こうと思います」

「まあ、そなた、自分が何を言っているか、分かっている？　せっかく叙爵《じょしゃく》（従五位下に叙されること）したばかりだというのに。散位のまま越後へ行くつもり？」

弟の惟規は、この年の正月、従五位下に叙されたばかりでした（『今昔物語集』巻三十一第二十八話）。本当に父といっしょに越後へ行くなら、職に就くことはできません。

「良いんだ。私は姉上と違って、あまりおつとめに向いていないから。越後で父上のお世話をしながら、歌でも詠んで暮らすよ」

弟の言葉を聞いて、私は二つの意味で複雑な気持ちになりました。

一つは、いつの間に私は、「おつとめに向いている」と言われるようになったのだろう、ということ。あんなに、宮仕えは辛いと思っていたのに。

もう一つは、確かに弟は、「おつとめに向いていない」のであろうということ。

惟規は、この少し前まで六位で、蔵人をつとめていました。蔵人になって、もう四年ほどになるでしょうか（『御堂関白記』寛弘四年正月十三日条）。

厳密には貴族のうちに入らない六位でも、帝のお側で奉仕できる蔵人なら話は別。さまざまに活躍の場があるはずなのに、惟規について聞こえてくる話は、「せっかく帝のお遣いで中宮さまに書状をお届けするお役目を仰せつかったのに、その場で公卿方からお酒を振る舞われて、帝のもとに復命もできずに酔い潰れてしまった」（「御産部類記」後一条院　寛弘五年七月十七日条）とか、「大斎院選子《せんし》さま（村上天皇皇女）の女房と恋仲になって、その局に潜り込み！（男子禁制です）、警護の者に咎められてどうしようもなくなったが、選子さまがとりなしてくださって事なきを得た」（「金葉和歌集」三奏本540、「今昔物語集」巻二十四第五十七話）とか、情けないことばかり。

そういえば、こんなこともありました。

中宮さまが敦成親王さまをお産みになった年、寛弘五（1008）年の、大晦日のことです。追儺《ついな》（悪鬼を追い払う大晦日の行事）も終わり、局に下がって縫い物などをしていたら、中宮さまの御座所のあたりから、とんでもない悲鳴が聞こえてきました。

慌てて駆けつけてみると、女房が二人、裸でうずくまっているではありませんか！

驚くべきことに、中宮さま付きの女房、つまり私の同僚が、あろうことか宮中で追い剝ぎに遭ったのです。

みな怯えてしまってどうしようもないので、私は手を叩いたり、大声を出したりして人を呼ぼうとしたのですが、誰もいない。そこで、「蔵人だから、きっと惟規が殿上の間にいるに違いない」と思って人を遣わしたのですが、そんな時に限って、もう帰ってしまって不在だとのこと。

結局他の蔵人が来てくれて、消えてしまった灯台の火を点し直してくれた（「紫式部日記」寛弘五年十二月三十日条）のですけれど、あの時は本当に、我が弟ながら、がっかりしてしまいました。てきぱきとその場を取り仕切ってくれたなら、きっと評判も上がったでしょうに、間が悪いというか、何というか。

それでもどこか、人に愛される人柄ではあったように思います。そうでなければ、あの選子さまが取りなしてくださったりしないでしょう。

越後へは父が先に出立し、後から追う形で、弟は越後へと旅立っていきました。

「姉上、行って参ります」

「道中お気を付けて。お父さまをよろしくね」

にこにこと、調子の良い笑顔でした。

まさか、それが最後の会話になるなんて。

惟規が病で亡くなったという知らせが私のもとに届いたのは、一条院さまのご葬儀が終わって、しばらくのことでした。

父の手紙には、弟の死に至るまでの様子が書いてありました。

息子の病篤しと観念した父は、越後でも高僧の誉れ高い方を、来世への導師に呼んだのだそうです。

そのお坊さまは、弟の耳元で、死後の世界について「まず、中有《ちゅうう》という遥かな広野に留まり、孤独に耐えることになります」と説いた。すると弟は苦しく呼吸しながらも「そこには、嵐に運ばれてくる紅葉や、風になびく薄《すすき》の下で鳴く松虫の声などもないのでしょうか」と尋ねたそうです。

思いがけないことを問われて、お坊さまも驚いたのでしょう、「何のためにそんなことをお尋ねになる?」と問い返された。

「そうしたものがあれば、それを心の慰めといたしましょう」

お坊さまは、呆れて帰ってしまったそうです。

その後、弟が書き遺した辞世は次のような歌でした。

都にもわびしき人の数多あれば　なほこのたびはいかむとぞ思ふ

最後の「ふ」の字は自分では書けず、父が書き足してやったそうです（「今昔物語集」巻三十一第二十八話、「後拾遺和歌集」十三恋三764では上の句が「都にもこひしき人のおほかれば」）。

都にも切に会いたいと願う人がたくさんあるから、この旅は行きたい、生き続けたい。行きたい、生き続けたい。

来世を祈るのでなく、この世への執着を素直に遺した弟の歌を、私は心から愛おしく、切なく、幾度も読み返しました。

そうよね。生きるって、結局そういうことじゃないのかしら。

引き比べては恐れ多いことながら、出家をなさった一条院さまだって、きっと多くの心をこの世に遺して行かれたに違いない。改めてそう思いました。

それにしても、惟規。

そなた、どこまで間が悪いの。お父さまより先に逝くなんて。

人は、齢《よわい》の順に逝くわけではない。

言うまでもないことですが、私は改めて、そんな当たり前のこと、世の無常を、切実に噛みしめました。

三 道長、息子の出家にギャン泣き

そうか、式部ママの弟は、越後で亡くなったのか、気の毒であったな……。

さて、皇統については、彰子の言ったとおりだ。

本当なら、新帝も飛び越えて我が孫を早く帝にしたいくらいだった。まさか、彰子がそこまで敦康親王のことを大事に思っていたとは、正直なところ、想像もつかなかった。自分の実子が皇太子になるというのに、何が不満だと言うのだろう——そう思うばかりだった。

その新帝だが、この方はどうにも、私には扱いの難しい帝だった。

「来月の十一日に新内裏へ遷る。奉仕せよ」

新帝からかような仰せがあったのは、寛弘八年六月二十五日のことだった（「御堂関白記」六月二十九日条）。

「それはあまりに……」

私は言葉を失った。

内裏は寛弘二（１００５）年十一月十五日に焼亡した後、すぐに再建され、本当は一条院がまだ在位中に遷御《せんぎょ》の予定だったのだが、諸事情から実現しないまま、譲位と崩御の儀となってしまった、という経緯があった。

それを、一条院が亡くなってまだ三日しか経っていないというのに、すぐに遷御の命令とは。

亡くなった一条院よりも自分の方が本来は正当だ――もしかするとそうしたお気持ちが強いのかと、私は危惧を持った。

さすがに私以外にも、七月十一日では早すぎると感じた者があったようで（「権記」寛弘八年六月二十八日条）、これは結果的に一ヶ月後に延期されたのだが、その日、八月十一日は一条院の四十九日当日に当たっていた。

先帝の四十九日と新帝の遷御。公卿たちにはとんでもなく忙しい一日になってしまったが、新帝はさらにその日、「慣例に従って叙位を行う」とまで仰せられたのには驚いた。

「本日にすべてなさらなくても良いのではありませんか」
こう進言したが、新帝が強行したので、私は結局、この遷御は病欠ということにしてしまった。叙位の儀は右大臣の顕光が代わって行ったらしい（『御堂関白記』『小右記』寛弘八年八月十一日条）。

これをはじめとして、この新しい天皇と私との間には、微妙な行き違い、軋轢が多くあった。

例えば、天皇は、私に「関白を引き受けてほしい」と仰せだったのだが、私は断った。なぜか？　理由を簡単に述べておこう。

関白になると、すべてを自由にできると現代の者たちは思うらしいが、決してそうではない。

関白を受けてしまうと、「一上《いちのかみ》」の任ができなくなる。「一上」とは、現代で言うなら閣僚の筆頭で、総理大臣に近いだろうか。ほれ、内閣の閣議の主宰は総理大臣であろう？ところが、関白になると、これは天皇をそのまま補佐する立場なので、議事からは外れ、「一上」は次席（この時点ならば右大臣の顕光）に譲ることになる。つまり、閣議に出られなくなるわけだ。私はこれを避けたかった（大津透『藤原道長』）。あくまで、議事の場には可能な限り自分がいるのが重要と考えていたのだ。

結局、それまでと同様「内覧」（104頁参照）は引き受けた。八月二十三日のことだ（『御堂

関白記」「権記」寛弘八年八月二十三日条、「小右記」八月二十四日条）。

同じ日、娘の妍子に女御の宣旨が下った。娍子と同時だったのは、まあ無理もない。そのうち、妍子を中宮にし、さらに皇子が産まれたら、娍子にははかばかしい後見もないことであるし……などと、この頃はまだいささか楽観的に考えていた。

暮れには、四女の嬉子の着袴の儀も行われ（「御堂関白記」寛弘八年十二月二十八日条）、年が改まると、天皇から妍子立后の宣旨が発せられた（「御堂関白記」長和元年正月三日条）。十四日には、日取りなど詳細についても定めがあった（「御堂関白記」長和元年正月十四日条）。

十四日には倫子も同行してもらって（同前）、これからの手配などを相談し、「また忙しくなりますね」などと言い合っていたのだったが……。

思いがけないことがあったのは、翌々日の十六日の昼前のことだ。

前の晩に、陰陽博士たちの予告どおり、月食が観測されたとのことだったので、何か異例なことがないか、気をつけてはいたつもりだったのだが、まさか、自分の息子がかようなことを引き起こそうとは。

「慶命《きょうみょう》僧都が急ぎのお目通りを願っております」

「さようか。通せ」

慶命（965〜１０３８）は、これまでもたびたび、私が主催する法事に奉仕しており、気心の知れた者であったが、「急ぎ」というのが気になった。

「実は、昨夜、右馬頭《うまのかみ》さまが叡山へおいでになり、ご出家をなさいました」

「な、なんだと」

私はあまりのことに慶命が何を言っているのか、よく分からなかった。

「今は無動寺《むどうじ》（大津市坂本本町の比叡山東塔無動寺谷にある、天台回峰修験の根本道場）においでになります。いかがしたらよろしいでしょうか」

やっと事の次第を飲み込んだ時には、月次《つきなみ》な言い方になるが、本当に頭の中からすべてが消えてしまうような衝撃で、座っているのもやっとだった。

——顕信。なんということだ。

右馬頭顕信。私の三男（母は明子）だ。

——まさか、あれを苦にしてのことか？

実は昨年暮れ、天皇から、「蔵人頭に顕信を」と打診されたのを、私は断ったのだ。

蔵人頭になれば、天皇から何かにつけややこしい相談を持ちかけられる。行成が良い例だ。今の天皇のもとで蔵人頭を拝命すれば、おそらく私との板挟みになって、この先苦労する。それに、息子から直に天皇の意向を事細かに聞かされるようになるのは、私としては避けたかった。ある程度の距離を置いた方が良いと考えていたのだ。

ただ、そうした考えをそのまま天皇に言うわけにはいかない。そこで、「まだ力不足の者ですので」とお伝えしたのだ（「権記」寛弘八年十二月十九日条）。

早まったことを。そう思ったが、まさか還俗させるわけにもいかない。

「本人の強い意志によるのであれば、やむを得ません。どうか早く叡山へお戻りいただき、今後について助言してやってください」

こう言うだけで、精一杯だった。

ただもうその頃には噂が広がって騒ぎになっていた。叡山へは長男の左衛門督《さえもんのかみ》（頼通）が様子を見に行ってくれたようだ。

私は取り急ぎ明子のところに駆けつけた。明子も、また顕信の乳母も、涙も涸れ果てるほどに泣き続けて、どうしようもなかった（「御堂関白記」長和元年正月十六日条）。

私もしばらくは立ち直れないほどだったが、「血を引く男子のうちの一人くらい、僧侶になるのも良いかもしれない」と泣く泣く思い直して（「大鏡」太政大臣道長伝）、出家者としての支度を整えてやることにした。

顕信のことは本当に心外で辛いことだったが、幸い、妍子の立后は順調に実現した（「御堂関白記」長和元年二月十四日条）。これによって彰子は中宮から、皇太后へと身分が変更になった（「日本紀略」長和元年二月十四日条）。

だが、安堵していたところへ、天皇がとんでもない我が儘を打ち出してきた。

「娍子を立后して皇后にしたい」というのだ。

これには、私だけではない、多くの公卿たちが眉を顰めた。

娍子の父、済時は大納言。しかも十七年も前に亡くなっている。現在の娍子の後見は弟の通任《みちとう》だが、彼は前年の暮れにようやく参議に上がったばかりだ（「公卿補任」寛弘八年条）。本来なら女御にさえなれぬところを、御子が多くあることでもあり、長らくただ一人、寵愛を受けていた人だからというので、皆納得しただけのことだ。

「話にならぬ」

天皇はおそらく、定子と彰子の例を思い浮かべて皇后と中宮を並立させようとしたのだろうが、その時とはまったく話が違う。

私は、天皇から打診があるたびに知らぬ顔をしていたのだが、三月七日、とうとう宣旨が下ってしまった。

ちなみに、皇族出身でも、大臣の娘でもない女子で后になったのは、娍子以前にはたった一人、橘《たちばな》嘉智子《かちこ》（嵯峨天皇皇后、檀林《だんりん》皇后と称される。786～850）だけである。

娍子立后は四月二十七日だという。

腹が立った私は、一策を講じることにした。

ちょうど、儀式への奉仕などの都合で、その時妍子は実家に下がっていたので、娍子立后の日に、妍子を宮中へ戻らせることにしたのだ。さらには、予て縁談が持ち上がっていた私の五男教通（母は倫子）と公任の長女との婚儀も、この日に行うことにしてしまった。

――現実を思い知っていただこう。

果たして、娍子立后当日。

妍子の入内には、多くの殿上人が駆けつけてくれ、儀式も宴も盛大に行うことができた（『御堂関白記』長和元年四月二十七日条）。

――来ていないのは、誰だ。

にこやかに振る舞いつつも、出席者の顔ぶれを記憶する。

――右大将、中納言、右衛門督《うえもんのかみ》、修理大夫《しゅりのだいぶ》。

公任（権大納言）と教通（三位中将）がいないのは、婚礼なので除外するとして、こちらに顔を出さず、天皇方に出仕していそうなのはこの四人だった。

なるほど、天皇は実資（右大将兼大納言）にしがみついたらしい。

後に聞いたところでは、右大臣顕光は体調不良、内大臣公季は物忌を理由に、欠席を申し出てきたという（『小右記』長和元年四月二十七日条）。

本来、立后の儀なら大臣が列席すべきだが、妍子に付ききりの私も含め、三人とも不在。大納言のもう一人は私の異母兄の道綱だから、天皇は実資を頼ったのだろう。生真面目で、しかも内心ではおそらく私への批判的な思いも秘めているであろう実資なら、天皇からの仰せに応じても不思議ではない。

右衛門督（藤原懐平《かねひら》）は実資の兄、中納言は亡き伊周の弟、隆家。修理大夫は通任で、これは娍子の弟だ（『尊卑分脈』）。娍子の皇后宮職の大夫は隆家がつとめることになったらしい。

特に警戒するには及ばない。私はそう思った。実際、翌日の宴には実資も隆家も懐平も顔を見せたからだ。

ただそれでも、私には一人だけ、念のため気をつけた方が良いと思われる人物がいた。右大臣の顕光である。

彼は昨年、天皇の第一皇子、敦明親王と、自分の次女、延子《えんし》を結婚させたのだ（「栄花物語」はつはな）。無能かつ愚鈍な人物とはいえ、右大臣と天皇に結託されては厄介だ。

——それにしても。

顕光はもう六十九歳、私より二十歳以上年長だ。なぜああいつまでも壮健なのだろう。

正直あまり健康に自信のない私は、ふと弱気になってしまうことがあった。

——いやいや、さような場合ではない。

この夏も私は体調を崩し、辛い日々もあったが、幸い翌年（長和二年）の初めには、妍子にようやく懐妊の兆候を認めることができた。

これで男子が誕生すれば——そう期待は膨らんだのだったが。

長和二年七月六日（「御堂関白記」同日条）。

「皇女さまにございます」

「何、女子だと……」

皇子が生まれてくるものとばかり思っていた私は、これ以上ないほど落胆した。

ああ。もう語るのも面倒だ。

疲れた。式部、代われ。

四　式部、職場で人脈を作る

父上ったらひどい言いようね。

式部、いいわ、私が代わりましょう。ほら、現代のお客さまが呆れていらっしゃる。

そりゃあそうでしょうね。こんなに露骨に、女子の誕生をがっかりされては。

妹の妍子が産んだのが皇女だった折の、父上の落胆ぶりはたいそう激しくて（「小右記」長和二年七月七日条）。

ただ、この時生まれた禎子《ていし》内親王は、いわゆる摂関政治を弱体化させる重要な存在になるの。因果は巡ると言いましょうか。それはまた、後ほど誰かに話してもらいましょうね。

それにしても、女って、なぜこう、生きづらいのでしょう。

そういえば、式部がそんな思いを数々込めて書き上げた「源氏物語」は、寛弘七年頃には完成していたかしら……（今井源衛『紫式部』）。

「源氏物語」を書き終えたあなたは、一条院さまが亡くなったあともずっと、私の側にいてくれたわね。

露の身の仮の宿りに君を置きて　家を出でぬることぞ悲しき

一条院さまの辞世のお歌です（「栄花物語」いはかげ。資料によって相違あり。237頁参照）。私は悲しみが深すぎてご返歌も申し上げられぬままでした。

大切な人を亡くした悲しみって、あり方が変わるだけで、薄れたりはしないものだと、私はつくづく思っていました。

そんな私に、式部はこんな歌を差し出してくれましたね。

雲の上を雲のよそにて思ひやる　月はかはらず天の下にて

宮中のご様子、それから、亡き帝が煙となって昇っていらした雲の上のご様子を、こうしてよそながら仰ぎみますにつけても、凜と輝く月のような皇太后さまは、昔と変わらず世を照らしてくださっています

「栄花物語」ひかげのかづら

式部の歌に励まされるように、私は、表立ってではないものの、一条院さまの志を大切にして、后としての役割を果たそうと思うようになっていました。

あれは確か、妍子が身ごもって、里下がりをしていた時だったでしょうか。ほどなく、東

三条殿が火事になってしまったので、妍子は権大納言（藤原斉信）の邸に仮住まいすることになりました（『小右記』長和二年正月十日条、十六日条）。

するとと、火事で避難している状況なのに、妍子のもとに殿上人や公卿が多く参上しては、宴や管絃の遊びで騒ぎを繰り返したというのです（『小右記』長和二年正月十九日条、二月六日条、二十一日条）。

「今度は皇太后のところで一種物《いっすもの》をいたす。参集せよ」

二月二十四日になると、今度は父上がこんなことを殿上人たちに伝えました。

一種物というのは、現代で言うなら、持ち寄りパーティかしら。一人一品ずつ持参しての宴会ね。

でも、これを聞いた私は、すぐに中止するよう、父上を説得したのです。

「これと言って理由もないのに、中宮のところでなんども宴が催されたそうですね。確かにお父さまがご健在の間は、こうして皆が競って奉仕してくれるでしょうが、さて、彼らの本心はどうでしょう。まして一種物だなんて、贅沢を競わせるような真似は、実は彼らの負担が大きいはず。中止すべきです。少なくとも、私のところで催すことは認めません。こんなことを繰り返していては、のちのち、どのように言われるかも分かりません」

直接伝えたわけではなく、二人の間を弟の左衛門督（頼通）が何度も往復してのやりとりですから、どこまで私の真意が伝わったか、心許ないところがありましたけれど、私が言いたかったことをまとめるとおおよそこんな感じになるでしょうか（「小右記」長和二年二月二十五日条）。

亡き一条院さまは、民の憂えになるような無駄な儀式はせず、政《まつりごと》を簡素にしたいと、常々仰っていました。私は少しでも、その志を受け継ぎたかったのです。

どうも、妹は派手好きなところがあるように見受けられました。それを父上が何も咎めず、むしろ荷担している様子なのが、私には我慢ならなかったのです。

こうした私の気持ちをよく理解し、話し相手になってくれていたのが、大納言の実資でした。

帝からも頼りにされ、息子の資平《すけひら》（実父は懐平）が蔵人頭をつとめていましたから、実資も苦労が多かったでしょう。

実資は、父上には直接言いづらいことを私に相談したり、逆に、私から、父上には言いにくいことを頼まれたり——そんな間柄になっていきました。

式部はいつも、実資と私の取り次ぎ役をつとめていてくれたのよね。

はい。実は私、もうずいぶん前、皇太后さまが今の皇太子さまをお産みになった頃から、実資さまとはお近づきになっていました。

皇太子さまの産まれて五十日のお祝いの席上、多くの方々が酔い乱れていらした中、一人ごく冷静に、そこにいる女房たちの装束が過差《かさ》（贅沢）を禁じる戒めに抵触しているのではないかと観察していらっしゃった（「紫式部日記」寛弘五年十一月一日条）。その様子がなんだか印象的で、珍しく私から思いきって言葉をおかけしたのが、きっかけでした。

なので、この頃、実資さまが皇太后さまをご訪問になる時は、私が必ずお取り次ぎに出る習慣でした。

どうもそれが、道長さまのご機嫌を損じてしまったようです。

「物を書くような女というのは、大人しい顔をして、心底では人をあざ笑っているのだろうな。小賢しい立ち働き方をして」

ある時、道長さまが皇太后さまのもとへいらした折、私の方をじっと見て、小さな声で囁くようにそんなことを仰せになったのです。

忘れもしません、低く、恐ろしい声。

また声にもまして恐ろしかったのは、そのまなざしでした。

ちょうど、「源氏物語」の若菜下巻で、光源氏が柏木を睨みつけた時のような、陰鬱な目の光――。

――このまま私がお側にいては、皇太后さまにも大納言さまにも、ご迷惑になるのでは。

悩んだ末、私は、お暇をいただくことにしました。長和二年の冬のことでした。

表向きは、「越後の父が、職を辞して早めに帰京したいと言ってきているので、自宅で迎えてやりたい」ということにしました。

「式部、残念だわ。いつでも、ここへ戻ってきてね。あなたの居場所は、必ず用意しておくから」

私の本心をどこまでご存じだったのか、皇太后さまはそんなふうにお声をかけてくださいましたね。あれは本当に、かたじけのう、もったいのう存じました。

ただ、父のことは、本当でした。

越後守の任期はまだ一年ほど残っていたのですが、やはり弟の死で、最後までつとめる気力が失われてしまったのでしょう。

辞表を書くつもりだという父からの連絡を待ちながら、静かな新年を迎えました。

長和三（1014）年。もう私も四十歳をいくつか過ぎていました。

十年近くを女房として過ごしたせいで、それ以前に親しくしていた友人たちとはすっかり疎遠になってしまい、もう文を交わすこともめったにありません。

ずっと家で過ごしてきた人とでは、なかなか話も合いにくく、互いに気を使ったり、時には邪推もあったりで、やりとりも楽しいとは言えませんから、無理もありません。立場や環境の違う女同士の間柄が難しいのは、現代の皆さんと変わらないかも知れませんね。

そんな時、皇太后さまがご病気だとの噂を耳にしました（「小右記」長和三年正月二十日条）。

何かしなくては。いても立ってもいられなくなった私は、清水寺へお参りすることにしました（「伊勢大輔集」17、18）。

どうか皇太后さまの病が一日も早く癒えますよう――そう祈願してお燈明を上げていると、「そちらにいらっしゃるのは、式部さまではありませんか」と声をかけてきた人がありました。

「まあ、そういうあなたは」

伊勢大輔さんでした。皇太后さまの女房の一人です。

昔、奈良の興福寺から献上された八重桜を受け取る（当然歌を詠むことになる）という晴れがましいお役目を任されたことがありました。その頃、伊勢大輔さんは皇太后さまのところにつとめ始めたばかりだったのですが、私は、自分よりも彼女の方が、こういうことには適任だろうと思ったので、代わっていただいたのです。

その時の彼女の歌がこちら。

いにしへのならのみやこの八重桜　けふ九重ににほひぬる哉
昔の奈良の都に咲いた八重桜が
今日はこの新しい都の宮中に美しく咲いたことです
「詞花和歌集」一春29、「伊勢大輔集」5

古と今日、奈良と京、八重と九重。見事で華やかな歌でしょう？

この一件以来、彼女とは仲良くしてもらってました。私より十歳以上若いはずだけど、しっかりした方でした。

「もしかして、式部さまも？」

「ええ。大輔さんもね？」

互いに思うところは同じ。照らしてくれる光は同じ。彼女も、皇太后さまの病平癒を祈るために来ていたのでした。

「こんなご縁に導かれているのですもの。皇太后さま、きっとご快復なさるわね」

歌を贈り合い、またさらに家に戻ってからも文を交わしました（『伊勢大輔集』19、20）。

観音さまのおかげか、皇太后さまはそれからしばらくして健康を取り戻したと聞きました。

その年の夏には、辞意が認められた父が（『小右記』長和三年六月十七日条）、越後から京へ戻ってきました。

「お帰りなさい」

何年ぶりかで会った父の姿は、いくらか背中も曲がって、一回り小さく見えました。いっそう増えた皺、烏帽子を着けるのも一苦労なほどに少なくなってしまった髪。息子に先立たれた心痛が体中に幾重にも刻まれているようでした。

「おつとめは、良いのか」

「ええ。しばらくお暇をいただいています」

心配させたくなかったので、道長さまのご機嫌を損ねたことは話せませんでした。

「ゆっくり親孝行をなさいと、皇太后さまから仰せをいただいたの」

「さようか。ありがたいことだな」

父と私、そして娘賢子との、静かな暮らし。時が戻った、とまではいかないまでも、それはそれで平穏な日々でした。

そんな暮らしでも、道長さまと帝との間柄がうまくいっていないらしいとは、さまざまな噂から察せられました。

世の人は、上から下まで、多くが道長さまに靡《なび》くばかり。奥州からの貢ぎ物があまりにも多くて、まるで祭の行列のようだというので、たいそう見物人が集まった（「小右記」長和三年二月七日条）とか、殿上人たちを大勢引き連れて宇治へおでかけになり、遊女を四十人も呼び集めて遊興なさった（「小右記」長和三年十月二十七日条）とか、そんなことも噂になっておりました。

一方、帝は、ご眼病に悩まれていたそうです。その治療を、道長さまが妨害なさり、病を盾にとって帝にご譲位を迫っていた（「小右記」長和三年三月十六日条、長和三年三月二十五日条）という噂も聞いたことがあります。私には真偽のほどは分かりませんでしたが……。

皇太后さまはいかがなさっておいでだろう――私はそればかりが気になっておりました。

五　道長、しぶとい天皇にイライラ

ああ、式部ママにはいささか悪いことをしてしまったな。

あの頃、私は苛立っていたのだ。

追従する者は多く、望めばいくらでも贅沢な真似ができた。自分でも箍《たが》が外れているなと思うこともあった。

しかし、我が孫である敦成親王が即位するのを、なんとしてもこの目で見届けたい、少しでもその御代を長くしたいという切実な思いのせいで、どうしても天皇に辛く当たることになった。

加えて、実は私は不安だったのだ。

その頃、以前だったら絶対にしなかったような、儀式や政務上の過ちを犯すことが幾度かあった。

一番の失態は、豊明節会《とよあかりのせちえ》（新嘗祭《しんじょうさい》の後に行われる宴。新嘗祭は天皇がその年に採れた穀物を神に供え、自らも口にする儀式。即位後初めて行う場合は大嘗祭《だいじょうさい》と称する）で、号令を間違えてしまったことだ（「御堂関白記」長和二年十一月十六日条）。あれはどうにも取り繕いようがなかった。あれ以来、実は密かに皆が、表向きは追従しながらも、陰では私を笑いものにしているのではないかと疑心暗鬼を生じるようになった。

心から楽しいと思えている時が少なくなっていき、以前、彰子から一種物を中止するよう言われた折の「さて、彼らの本心はどうでしょう」という言葉が、胸の奥底にいつも重く沈んで響いている気がした。

まして、学識のある実資が、面と向かっては言わずに、彰子などに私の瑕疵《かし》を事細かに語り聞かせているのではないかと思うと、不快の念は募るばかりだった。

遊女四十人などという馬鹿騒ぎをしてしまったのも、そんな苛立ちと不安の裏返しだったのかもしれぬ。

式部ママは、私が天皇の病治療を妨げたと聞いたそうだが、そのあたりの事情を少し話しておこう。

一条院の崩御のあと、天皇が新しい内裏への遷御を急ごうとしたことを、覚えておるかな？

あの内裏なのだが、実は長和三（１０１４）年の春に、焼亡してしまったのだ。

恐ろしい夜だった。天皇はもちろん、妍子も敦成親王も内裏にいたから、私は大急ぎで馬に乗って駆けつけ、三人が無事避難できていることを確かめた。なんとか逃れたものの、怯える妍子と敦成親王には、女ながら気丈に輦車《てぐるま》で駆けつけた倫子が付き添ってくれた。

夜が明けて被災の様子を見分させてみると、焼け死んだ者、建物に圧されて死んだ者などが大勢いて、痛ましい有様だった（『小右記』長和三年二月九日条）。

たった二年余しか、使われなかった内裏。天皇はさぞ心痛甚だしかったことだろう。

ともあれ、里内裏の制定と、内裏新造の計画を進めなければならない。

里内裏には枇杷殿《びわどの》が当てられることになった（『小右記』長和三年二月十五日条）。ここは、私の父祖が代々伝領してきた邸で、この時は彰子の御所になっていたが、明け渡して弟の頼通の邸である高倉殿へ遷ってくれることで事はまとまった。

しかし、これに天皇は難しい注文を付けてきた。本物の内裏と同じ数だけ殿舎を設えよというのだ（『小右記』長和三年二月十八日条）。

里内裏なので、殿舎の数や広さなど、本物の宮中と同じにするのは難しい。それは公任（大納言）や源俊賢（中納言。源高明の三男。母は藤原師輔三女）たちからも進言があったことなのだが、天皇にはずいぶんこだわりが強かったらしい。

やむを得ず、枇杷殿をなんとか調える努力をしつつ、新しい内裏についても決めなければならなかったのだが、心労が重なったのか、天皇は三月頃から、「片目と片耳が利かない」としきりに訴えるようになった。

現代ではどの病名に当たるのかは、判然としない。症状から緑内障や脳腫瘍を挙げる学者もいるようだな（倉本一宏『三条天皇』）。

これについて天皇は、「丹薬《たんやく》を飲んだが好転しない」との様子だったという（『小右記』長和三年三月一日条）。

丹薬というのは、この時代にはもっとも効き目のある貴重な薬と信じられていた。ただ、この処方に用いられた丹砂《たんさ》（辰砂《しんしゃ》）とは、どうやら現代で言うヒ素や硫化水銀を多く含む物質らしく、もしかしたら中毒を起こしてかえって悪化したのかもしれない（倉本一宏『三条天皇』）。

さて、枇杷殿もまだ整わず、天皇がまだ避難先である太政官の松本曹司で過ごしていた折、この状況に追い打ちをかけるように、今度は大宿直《おおとのい》所《どころ》、内蔵寮《くらりょう》、掃部寮《かもんりょう》が火災に遭った（「小右記」長和三年三月十二日条）。

内蔵寮は文字からも分かるとおり、天皇家に伝わる宝物、財産を管理している機関だ。当然、多くの貴重な財が焼失した。

度重なる火災と、自身の体調不良。当然ながら、「ご譲位を」という無言の圧力が天皇にはかかったはずだ。実際、目や耳の不調は、天皇としてのつとめにかなり支障を来していたから、弱気にもなっていたことだろう。

私はそれを見透かした上で、異母兄の道綱を同行して天皇に対面し、「現在の天道をどう御覧になられますか」と申し上げた（「小右記」長和三年三月十四日条）。

実は道綱兄は、天皇がまだ皇太子の頃に、十五年近く春宮職をつとめていて、いわば天皇にとっては「側近」だった者の一人。彼が私と共にこう伝えれば、いよいよ自分の御代の終わりが近いと感じるだろうと、私は計算していたのだ。

それでも、天皇はなかなか「譲位する」とは言い出さない。しぶといというべきか、したたかというべきか。どうも、新しく内裏が出来て、そこへ自分がもう一度天皇として還御するまでは、意地でも位を下りるまいと考えていたようだ。

内裏新造の方は少しずつ行われていたものの、なかなか進んでいなかった。立柱や上棟が行われたのがその年も暮れの十二月二日であったといえば、いかにはかどっていなかったかが知られよう。この帝のために進んで何かを献じようという者がほとんどいなかったことの証しだろう。

当初の予定では、翌年、長和四(1015)年六月十九日には新内裏に遷るとされていたのだが、実際にはとても間に合わない。私は六月十二日にそう判断してそれを伝えた(「小右記」長和四年六月十二日条)。

「紫宸殿《ししんでん》と清涼殿だけでも整えば、遷る」

天皇はたいそう不愉快そうにこう断言すると、さらに続けた。

「枇杷殿にいるのはどうにもよろしくない。木工寮《もくりょう》はもっと力を尽くすように」

まるで枇杷殿の居心地が悪いとでも言わんばかりのこの物言いは、いたく私の勘に障った。

――もう少し、分別を持ってもらいたいものだ。

里内裏である枇杷殿の改造と、新内裏の造営、両方を天皇の意思どおりに行うのが、どれほど大ごとか。一条天皇なら、もう少し思慮深いやり方を探ったことだろうと、私は改めて思った。

今の天皇は、おそらく柱一本の出処、京へ来る工程さえ、ご自身では分かるまいにと、私は憤懣やるかたなかった。

この時の私の怒りは、まわりの者にもかなり伝わってしまっていたらしい。それに忖度して、天皇の目に関する秘法を行うはずであった僧が奉仕を拒否したというのが、式部ママの言っていた「道長さまが帝の病治療を妨げた」の実のところだ。

結局、新造内裏への天皇の還御が行われたのは、九月二十日のことだった（「御堂関白記」「小右記」長和四年九月二十日条）。天皇が目が利かないために、書状などの扱いは本来の儀式どおりにできない上、手足なども具合が悪く、私や他の公卿たちが支えないと移動できないほどだった。

――譲位してゆっくり養生したら良かろうに。

私だけではない、他の多くの公卿たちもそう思っていたに違いない。

その後も天皇の体調は快復せず、十一月五日、とうとう「来春には譲位しよう」と密かに仰せがあった（「小右記」長和四年十一月五日条）。

やれやれ――そう思った矢先のことだ。

「火事です！　火元は主殿寮《とのもりょう》あたりのようです」

「風が強くて危険です。火が広がっています」

十一月十七日深夜のことだ。

私は取るものも取りあえず駆けつけた（『御堂関白記』長和四年十一月十七日条）。

「春宮さまがこちらにおいでです。縫殿寮《ぬいどのりょう》へお移りいただきます」

孫の無事避難を確認した私は、天皇を探した。

「主上！　いずこにおはします！」

「左大臣さま！　主上は、後涼殿《こうりょうでん》の西の馬道口《めどうぐち》においでです」

火を避けつつ歩いて行ってみると、冠もない裸頭のままで、息子二人（敦明親王と敦平親王）に支えられてぐったりしている天皇がいた。

「今、手輿《たごし》をご用意させます。安全な方へお移りを」

この内裏焼失のあとの里内裏は、再び枇杷殿と定められた。この時ばかりは、天皇ももう不満を述べられることもなかった。

ただ、さすがに心が折れるような思いになったのだろう。天皇は妍子に、こんな歌を贈っている。

心にもあらで　うき世に長らへば　恋しかるべき夜半の月かな
我が心に反した有様で、このつらい世の中にこれからも生きながらえるならば、

きっと恋しく思うに違いない、この夜半の美しい月であるよ
「後拾遺和歌集」雑一860

妍子がどう返したかは、伝わっていない。
いささか、しゃべりすぎたようだ。
しかし、私は、娘たちに重荷ばかり負わせていたのだろうか。
ん？　彰子、いかがした？　私の袖など引いて。何、同じ車で帰ろう、とな。
そうか……。そういえば、転生する前は、さようなことはなかったな。

六　式部、少し道長を弁護する

お二人、静かに同じお車に乗っていかれました。千年前だったら、ご身分柄あり得ないことです。このお店をやっていた甲斐があったと言えるかも知れません。

さて、先ほどの中宮さまのことですけれど、きっと、ご返歌のしようがなかったのでしょうね。なにしろ、帝の御代を「憂き世」にしてしまったのは、他ならぬ中宮さまのお父さまなのですから。

それに、中宮さまは、もしかしたらこんなふうにお考えになっていたのかもしれません。帝が恋しい月は、本当は私ではなくて、娍子さまでしょ？　と。

皇太后さまも、決して口にはなさらなかったけれど、亡くなった皇后定子さまに対しては、ずっと複雑な思いをお持ちだったようですから。

先ほど、道長さまはおっしゃいませんでしたが、帝との仲は、こじれてどうしようもない様子だったと、私は後々、大納言（実資）さまから伺いました。

それでも一時は、帝の皇女の禔子《しし》内親王さまを、道長さまのご長男の権大納言（頼通）さまにご降嫁なさるという縁組が持ち上がって（「小右記」長和四年十月十五日条）、関係改善に向けた動きなのかしら、って世の人は噂したものですけれど。

でも、これは実現しませんでした。

「栄花物語」では、頼通さまが、先に結婚なさっていた隆姫《たかひめ》（具平親王長女。村上天皇の孫にあたる）さまを思うあまり、お断りになろうとしたので、道長さまが「男は妻は一人のみやは持たる、痴のさまや（男は妻一人ということがあろうか、愚かなことだ）」と怒った（「栄花物語」たまのむらぎく）と書いているようですが、それはちょっと、「栄花物語」の作者が頼通さまに良いように書きすぎかもしれないと、私は思います。頼通さまには隆姫さまの他にも女性があって、その方がお産で亡くなったなんてことも、実資さまはさりげなく日記に書き留めていらっしゃいますし（「小右記」長和四年十一月十七日条）。

実際には道長さまもさほど乗り気にはなれず、折も折、頼通さまが流行病に罹られて重篤になられた（「御堂関白記」長和四年十二月十二日条）ので、進展しなかったというほどのことではないのでしょうか。

ともかく、帝と左大臣との不仲というのは、どうにも世の中を騒然とさせるものです。私はその頃、相変わらず父と娘とひっそり暮らしていましたけれど、それでも多くの噂が耳に入ってきました。

道長さまがよくなさるやり方ですけれど、帝がまわりに人がいてほしい時に限って、自分が中心となるような催しや行事の日程をわざとぶつけるように動かして、帝が決まりの悪い、辛い思いをなさるように仕向ける（一条院さまに対してもなさっていましたよね。152頁参照）などの嫌がらせも、ずいぶんなさったのだとか。

他にも、三条院というお邸を買い取って帝に献上したり（「小右記」長和四年八月二十七日条）。これ、ちょっと聞くと豪勢な贈り物のようですけれど、真意は「早く譲位してこちらでお過ごしください」っていうことですものね。内裏の新造にこだわってきた帝に対しては、相当な嫌がらせになったと思います。

ただ、ほんの少しだけ、（私らしくもなく？）道長さまのことを弁護しておくと。

宮中で頻繁に火事が起きたことを、道長さまの差し金ではないか？　と、なんでも陰謀で論ずることの好きな方は言う向きもあるようですが、それは違うと思います。

火事では、中宮さまや皇太子さまも、なんども危うい目に遭っておいでです。

道長さまは、中宮さまや皇太子さまのことは、本当に目に入れても痛くないほど可愛くて仕方ないご様子でした。皇太后さまとは気持ちのすれ違いもありましたけれど、それにしたって、可愛いからこそ、私や大納言さまが「妙な入れ知恵をして」と憎まれたのでしょうし。そんな方が、自分の指図で火事を起こさせて、大事になさっている方々を危険な目に遭わせるとは、私は到底思えないのです。

ではなぜこんなに頻繁に火事が、しかも火の気もなさそうなところから起きるのか？

そうですね、本当、なぜでしょう。

これはあくまで私の推測ですが、おそらく、道長さまに取り入りたい人の中には、「手っ取り早く御代替わりになった方が良い。それを見計らって○○を左大臣さまにお願いしよう」「今火事になったら、（帝ではなく）道長さまに木材や馬や、その他さまざま、献上しよう」とか、そんなふうに、勝手な目論見を持った人が大勢いたのではないでしょうか。

絶大な権力を手に入れてしまうって、そういうことなのかもしれません。

さて、道長さまと帝との間で、いかなるやりとりがあったのか、細かいことまでは存じませんが、御代替わりが発表されたのは、長和五（１０１６）年、正月の末のことでした（「日本紀略」長和五年正月二十九日条）。

僭越ながら、私がおやおやと思ったのは、新しい皇太子に、敦明親王さまがお立ちになったことでした。帝のご意思なのでしょうけれど、きっと道長さまが強行に反対なさるだろうと思っていましたから。ここで帝にお譲りになるとは、意外でした。

とはいえ、新帝である敦成親王さまはこの時九歳。敦明親王さまは二十三歳。亡き一条院さまと、こたびご譲位された帝（三条院さまと称されました）も、年齢が逆転していましたけれど、それでも四歳差でした。

それが、今回は皇太子さまの方が十四歳も年長でいらっしゃるとは！

またきっと何かもめ事が起こりそうな――そんな予感がいたしました。


この年の四月二十九日、父の為時が、三井寺《みいでら》において、仏門に入りました（「小右記」長和五年五月一日条）。静かに余生を送ってほしい。心からそう思いました。

私はもう四十代半ば、字を書くにも目が見えにくくて辛いほどになっていました。

一方の道長さまは五十一歳。前年、長和四年の初冬には、皇太后さまの主催で、五十賀《ごじゅうのが》が盛大に行われたと聞きました（「御堂関白記」「小右記」長和四年十月二十五日条）。

そういえば、道長さまと言えば「この世をば」の望月のお歌が有名ですけれど、まだお話に出て来ませんね？

いつ頃あの歌のお話は聞けるのでしょう。次にご来店の折には、お聞かせくださるかもしれませんね。

第七夜　この世をば

一　道長、娘三人を后にする

おお、そなたまた来たのか。ずいぶん嬉しそうな顔だな。なに、会社で企画が通った？『藤原行成の酒場処世術』？　なーんだ、私の本じゃないのか。

どうせなら『藤原道長の酒場放浪記』もいっしょにどうだ？　なに、「この世をば」を語ってくれたら考えてもいい、だと。

ふーむ、「この世をば」か。

それを語ると、つまりは己の最期について語ることになるのだ。なんだか、不思議な気がすることよ。

さて、長和五（1016）年。

いよいよ、私の孫、敦成親王が天皇になる時が来た。

即位の儀にあたって、準備しなければならぬことは多かった。何しろ、儀式のために本来使われるべきさまざまの道具類には、二年前の火災（269〜270頁参照）で焼失や破損の憂き目に遭ったものが多かったから、修理や新造が不可欠だった。

これに大きく尽力してくれたのが、この時、内蔵頭《くらのかみ》（内蔵寮の長官）だった源頼光だ（「御堂関白記」長和五年正月十七日条）。後世では武将として名高いようだが、私にとっては、頼もしき腹心の家司《けいし》とでも言うべき存在だった。

即位の儀に先立って、穆子どのが春宮と対面できることになった。倫子の母である穆子どのは八十六歳の長寿を保っていて、ひ孫の即位を本当に喜んでくれた。

まずは、正月二十九日に、譲位の儀が行われた。ありがたいことに、当日はよく晴れた（「御堂関白記」長和五年正月二十九日条）。

昼、日の高い頃にまず、枇杷殿にて譲位の儀。ここで、新皇太子に敦明親王を立てること、私が新帝の摂政（敦成親王が成人前のため）となることも披露された。

その後、いわゆる神器をはじめとする、天皇としての諸道具（神璽＝八尺瓊勾玉。八咫鏡。宝剱＝天叢雲剣。大刀契《だいとけい》＝武官が各地に遠征する際に持参した大刀〔節刀〕と、兵を動員するのに必要な符契。鈴鐙《れいいつ》＝官吏が中央から地方に赴く際に持参した公用証明の駅鈴《えきれい》と、国司たちが赴任先の正倉を開くために持参した鎰《かぎ》。漏刻《ろうこく》＝水時計）が、敦成親王の御所である土御門殿の西の対へ恭しく移された。寝殿でなく西の対なのは、寝殿は母である彰子の御所であったゆえだ。

即位の儀は、それから八日後の二月七日。新帝は昼前に母后とともに土御門殿を輿で出立、大内裏にある大極殿へ向かった。

楽の音に包まれながらの移動、装束を改めての厳かな儀式。すべてを終えて再び土御門殿に戻った時には、既に日がとっぷりと暮れていた。

新帝の忍耐強さには、彰子も私も涙せずにはいられなかった。普通の九歳の男子なら、かくも長時間、居住まいを正してなど、とてもいられまい。

さて、新帝を支える上達部の主な顔ぶれを、ここで改めて紹介しておこう（「公卿補任」長和五年条）。

摂政左大臣が私、藤原道長五十一歳。

右大臣藤原顕光、七十三歳。愚鈍で、儀式にも細かな過ちが目立つのは相変わらずだった。長生きだけは羨ましいが。

内大臣藤原公季、六十歳。

大納言藤原道綱、六十二歳。

大納言兼右大将、藤原実資、六十歳。小うるさいが頼りにもなるので、扱いは要注意。

権大納言藤原斉信、五十歳。長徳二年に起きた花山院の一件以来、彼とは変わらぬ信頼関係が続いている。

権大納言兼左大将、藤原頼通二十五歳。私の後継者だ。そろそろ……。

権大納言藤原公任、五十一歳。いつぞやの「スバラの后」（70頁参照）こと、姉の遵子どのはご出家の身だが、太皇太后として未だ健在。

権中納言源俊賢、五十七歳。この人の父は安和の変で流罪になった源高明（73頁参照）。父親の悲劇が身に染みているからなのか、敵を作らず世渡りが巧い。明子の兄なので、私にとっては義兄でもあり、また彰子が中宮の頃から長きにわたり、宮大夫（中宮職、皇太后職の長官）として奉仕してくれてもいる。

権中納言、藤原行成、四十五歳。言わずと知れた能吏。頼りにしている。

かようなところかな。そうそう、私の次男の教通（二十一歳）も、権中納言まで昇進していた。

ああ、もう一人、中納言に藤原隆家（三十八歳）がいたのだが、実は彼は、この時大宰権帥として九州にいた。これは、流罪や左遷などではなく、本人がみずから強く望んで得た職だ。なんでも眼病を患って、大宰府にいるという宋人の名医から治療を受けたいという話だった（「御堂関白記」長和二年正月十日条、「小右記」長和三年三月六日条）。

こう語ると、さぞかし私が勢いづいて権力を、と思われるだろう。

ただ、私がこの頃一番腐心していたのは、「どうすれば私が築いたものを息子たちにしっかり渡すことができるか」だった。

——ああ、また口が渇く。

身体には力が入らず、鏡を見れば顔色が悪い。

とりあえず、常に携帯している杏を口に入れて渇きを凌ぐ（「小右記」長和五年五月十一日条）。

もしかして、このやたらに口が渇くのは、病のせいではなくて、薬のせいか？　とも思うが、判然としない。

——私の命は、いつまであるのか。

本来なら、出家して養生すべきなのだろうと思うが、まだすべてを任せられるほど、頼通も教通も物事に通じていない。頼りになるのは彰子の方だ。

身体の具合と向き合いながら、私は人生の仕上げ——頼通への権力譲渡——へとひたすら動いた。

私はこの年の十二月七日に左大臣を辞職すると、翌年、長和六（１０１７）年三月に、摂政を頼通に譲った。これにともなって、顕光が左大臣に、公季が右大臣に、頼通が内大臣に就いた。

この年は疫病が蔓延し、飢餓に苦しむ者も多く出た。私が五月三日に施行を行ったところ、三千人以上の人々が列をなした（「日本紀略」寛仁元年五月三日条）。

それから六日後には、訃報が飛び込んできた。

「三条院さまが亡くなられました」

「なんと……」

あまり関係の良くなかった上皇だが、四十二歳の死は悼まれた（「日本紀略」寛仁元年五月九日条）。

これが、思わぬ動きを呼ぶことになる。

「父上。お伝えしたいことが」

「中将ではないか。何事だ、改まって」

八月四日、四男の能信（母は明子）が私を訪ねてきた（「御堂関白記」寛仁元年八月四日条）。

「実は、春宮さまが……」

「さようなことを。いつでも参上するとお伝えせよ」

二日後の八月六日、私は頼通、教通、頼宗（次男、母は明子）、能信を伴って皇太子のもとへ行った（「御堂関白記」寛仁元年八月六日条）。

「事は重大です。よくお考えになってのことでしょうか」

私の言葉に、敦明親王は深くうなずいた。

「皇后（娍子）さまや、左大臣（顕光）どのには、すでにお伝えなさっていらっしゃいますか」

「うむ。母后は『認められない』と仰せだが、左大臣は『お心のままに』とのことだ。私自身は長らく考えてきたことだから、もう迷いはない」

皇太子を辞めたい――敦明親王はそう申し出てきたのだ。

正直、好都合だと思った。

ただ、あまりにも好都合過ぎて、世間で私の専横が酷いと取り沙汰されるのではという気持ちにもなったので、この件は時を置かずに、敦明親王の言葉そのままを、できるだけ実資に話しておくことにした（「小右記」寛仁元年八月七日条）。自分の外戚たるべき、左大臣があまりにも頼りないので、というのが、どうやら本音であるようだった。

これにより、新春宮には、故一条院の第三皇子で、天皇の弟である敦良親王（九歳）が立つことになった。

即位することのなかった敦明親王には、「小一条院」の院号が与えられ、皇太子時代と変わらぬ暮らしが保障されることになった（「御堂関白記」「小右記」寛仁元年八月二十五日条）が、私はそれだけではなく、この親王を自分の保護下に置いて手厚く遇するべく、三女寛子（十九歳、母は明子）の婿として迎えることにした（「御堂関白記」「小右記」寛仁元年十一月二十二日条）。

ただこれは、顕光と、その次女で先に敦明親王と結婚していた延子からは相当恨まれたようだ。取り乱していっそう政務上の失態が続くようになった顕光から、なぜか実資が逆恨みされて、呪詛まで受けたというのは、どうにも気の毒だった（『小右記』寛仁元年十一月十九日条）。

――もうこれでほぼ、思い残すことはないな。

そう思っていた頃、今度は頼通の訪問を受けた（『御堂関白記』寛仁元年十一月二十七日条）。

「父上。先日の件、正式に進めますので、そのおつもりでお願いします」

「さようか。では、謹んでお受けする」

頼通の言う「先日の件」というのは、太政大臣を拝命せよというものだった。

太政大臣は常に置かれるものではない。既に左大臣を辞めた私にあえてこの職をというのは、来年に予定された天皇の元服において、加冠《かかん》（元服の際、冠を着ける）の役をしてほしい、ついては先例に倣って太政大臣にという、他ならぬ彰子の意向であった。

一時は隙間風の吹くこともあった彰子との関係だったが、この頃では天皇を挟んで成熟した協調を結べるようになっていた。

寛仁二（１０１８）年、天皇が元服すると、四女の威子《いし》（二十歳、母は倫子）が後宮に入り、女御となった（『御堂関白記』三月一日条、四月二十八日条）。

「お父さま。そろそろ威子を立后なさいませ」

「良いだろうか」

「もう何の遠慮もいりますまい。めでたいことです」

寛仁二年七月二十八日。彰子のこの一言で、威子の立后が準備されることになった（『御堂関白記』寛仁二年七月二十八日条）。

——夢のようだ。

陰陽博士（安倍吉平《よしひら》。安倍晴明の長男）に問い合わせると、吉日は十月十六日だという。

——なんということだ。現実とも思われない。

彰子は、すでに太皇太后になっていた（公任の姉遵子は寛仁元年六月一日に死去）。十月十六日には、威子が中宮になるのに従い、妍子は皇太后になることも決まっていた。

我が娘三人が后に。

父兼家も、祖父師輔も曽祖父忠平も、いや、どこまで歴史を遡ろうと、誰も体験したことのない栄誉だ。

せめてそれまでは、生きていたい。

持病はいよいよ重くなり、そのせいか視力のおぼつかない折も増えていた。

なんとしても立后の儀に立ち会う。この目で、見届けるのだ。

その思いだけが、私を生かしていた——。

式部ママ、車を頼む。なんだか、手足に力が入らぬようだ。

客人、すまぬな。今日はこれで失礼する。そうそう、そなたの出す企画は面白そうだから、存分にやってみるが良い。

二　式部、道長の歌を深読みしてみる

娘三人が后になんて、その後の歴史にも例がありませんものね。希有な人生は、語るのも、多大な熱量がいるのかもしれません。

この世をばわが世とぞ思ふ　望月の　虧《かけ》たることもなしと思へば

寛仁二年十月十六日の夜、道長さまはこうお詠みになったのだと、実資さまは書き留めていらっしゃいます（『小右記』同日条）。

「歌を詠もうと思う。必ず返歌してくれよ」

道長さまにこう言われて、実資さまは「どうしようかと思った」そうです。

「得意げなと思われそうな歌だが、即興、この場の座興だから許せよ」

道長さまはこう仰せになったあと、この歌を詠み出されたのだとか。

「返歌なんてできないから、皆でこれを唱和しましょうと言ったんだ」とも、実資さまは苦笑しながら仰せでした。

なぜ私が、実資さまからこんなことを伺ったかと言うと。

私、この年の冬に、太皇太后さまからお側に呼び戻されたのです。五年ぶりの出仕は、感慨無量でした。

御所である土御門殿は、長和五（1016）年七月に火事で一度全焼してしまったのを、ほぼ二年がかりで再建したものでしたので、私がかつてお仕えした頃とは、様子も変わっておりましたし、同僚たちも、すでに退職してしまった人、亡くなってしまった人なども多くて、知らない人もかなりいました。

それでも、太后さまの優しいお顔、神々しい光はお変わりないどころか、穏やかさと落ち着きを加えて、いっそう増しておいででした。私は感激しつつ、ほどなく以前のようにつとめるようになったわ。

実資さまにも久しぶりにお目にかかって、何かとお話をいたしました（「小右記」寛仁三年正月五日条）。

さて、「この世は私の世だと思う。満月が欠けているところがないと思えば」。道長さまの得意満面、傲慢さを表したものとお考えになる方も多いようですが、この歌、解釈はいろいろできそうなの。

月は后の喩え。この晩は実際にも満月で、しかもご息女のお三方が全員后なのですから、確かに得意満面なのかもしれません。

でも、月に満ち欠けがあるのは周知のこと。しかも、ご体調の不良を抱えていた道長さまの心中を推し量るならば、どこかで「儚いこの世で、この一瞬の栄誉だけは大切にしたい」というような、切ない意味も読み取れそうでしょ？

一方で、このお歌を、道長さまご本人が書き留めておいでにならないのは、いささか疑問です。書き留めたのはあくまで実資さまだけ。

道長さまは、本当に気軽に座興でお歌いになっただけだから、もしかして、忘れてしまった?!　とか。

例えばですけれど、「この世」「わが世」が、「この夜」「我が夜」だったらどうでしょう？実資さまはあくまで耳で聞いて「よ」を「世」だと思われたのでしょうけれど、「夜」かもしれないですよね。そうしたら、

今夜の宴は素晴らしい。ありがとう！

のような意味の、その日おいでくださった人々への感謝の表れの歌と解せるようにも思います（山本淳子「藤原道長の和歌『この世をば』新釈の試み」）。道長さまは、私がこう申しては失礼ながら、昔から感激やさんでもいらっしゃいましたし。あとで、ご本人にお尋ねしてみましょうか。

ただ、この日以後、道長さまは視力も落ちて、本当に体調不良に悩まされておいでだったようです。太后さまも心から心配なさっていました。

寛仁三（１０１９）年三月二十一日には、ついに、土御門殿内にご自身が建立なさった御

堂で、ご出家を遂げられました。

少しお話が逸れますけれど、ちょうどこの頃、九州には刀伊《とい》(女真族の一部とされる)が侵攻してきて大変だったのだそうです。この侵攻に対して、現地の人々を指揮して立ち向かい、なんとか事態を収拾に導いたのが、あの隆家さまだったというのですから、人の定めとは分からないものです(『小右記』寛仁三年四月十七日条)。

そんなある日、太后さまが私に仰せになりました。

「ねえ式部。あなたの娘、確か賢子と言っていたわね。いくつになったかしら」

「二十歳を一つ過ぎましてございます」

「そう。どうかしら、彼女にも私のもとに仕えてもらうというのは」

「まあ、なんと……」

有り難くももったいなくも、しかし、なんとなく予期していたことでもありました。

実は、暇をいただいていた間、私は以前道長さまからのお指図で書いた太后さまの御産の記録の元原稿に、私個人が太后さまのお側で見たこと、感じたことを細かに綴ったものを合わせて、娘に「時間があったら読んでおいてね」と渡しておいたのです。

女房づとめの手引き書。そんなつもりでおりました。

「この次、実家に下がったら娘に話して、いずれ連れて参ります」と、お約束をいたしました。

娘にこの仕事を渡せる。それは喜びでした。昔、自分が宮仕えを嫌っていたことが、遥か遠くのことに思えたわ。

お客さまの企画も、うまくいくと良いわね。道長さまも、あの占い師も良いと言ったのなら、きっとだいじょうぶよ。ほら、行成さんがうなずいているわ。

三　式部の娘

いらっしゃいませ。

桜満開の夜に、桜色の髪のお客さま……。ああ！　あなたが、昔の話に、長らく耳を傾けてくださったお客さまですね。式部ママから聞いています。

ごめんなさい。急な話なのだけど、ママ、しばらくお店はお休みすることになりました。あなたに影響されて、新しい本を書いてみる気になったのですって。執筆に専念したいって。

私、片付けを頼まれた、式部ママの娘の賢子、またの名を大弐三位《だいにのさんみ》と申します。

せっかくだから、ママと、道長さまの「その後」を、私がかいつまんでお話ししますね。

ああ、今日は、お代はいりません。お客さまがいらしたら、「歴史に興味を持ってくれて、私たちの思いを聞いてくれてありがとう」って伝えて、ウイスキーと杏のコンポートをごちそうしてあげてってって、言われてますから。

道長さまは、ご出家の後も大きな影響力を持ち、人事などで公卿たちを掌握してご子息たちをバックアップしながら、仏道修行に精を出していらっしゃいました。四女の嬉子さま（母は倫子）も姉上さま方と同様に後宮に入られ、皇子をお産みになりましたが、出産直後に十九歳の若さで亡くなられて、道長さまと倫子さまは、お辛い思いをなさったようです。

道長さま、「この世をば」の頃はかなりご自身の寿命がご不安だったようですけれど、それでも六十二歳までご存命でした。享年はお父上の兼家さまと同じということになります。亡くなったのは万寿四（１０２７）年十二月四日。どういう偶然なのか、同じ日に行成さんも亡くなっているの。こちらは、転倒したことによる頓死だった（『小右記』万寿四年十二月五日条）というのですけれど、なんだか不思議なご縁を感じます。

彰子さまは、万寿三（１０２６）年一月十九日にご出家をなさいました（『日本紀略』万寿三年正月十九日条）。以後は上東門院《じょうとうもん》と号され、承保元（１０７４）年十月三日に八十七歳で崩御するまで（『扶桑略記』承保元年十月三日条）、女院として影響力を持ち続けていらっしゃいました。お母上の倫子さまは天喜元（１０５３）年六月一日に九十歳で死去。穆子さま、倫子さま、彰子さまと、こちらのお三方の生命力には驚かされるものがあります。

え？　なぜ、私がこんなにいろいろ知っているか、ですか？

私、母の教育のおかげなのでしょう、女房としてはけっこう出世しましたの。まず彰子さまに仕え、その後は後冷泉天皇の乳母という名誉なお役目もつとめて、従三位という高い位までいただきました。そういえば、彰子さまのもとには、あの清少納言さんの娘さんも、小《こ》馬命婦《まのみょうぶ》という召し名で出仕していました（「範永集」109）。

道長さまのご子息のうち、頼通さまと教通さまは、お父上と同じく娘たちを天皇家へ嫁がせました。頼通さまは摂政と関白（「公卿補任」寛仁三年条）、教通さまは関白（「公卿補任」治暦四〈１０６８〉年条）の座に就かれたのですけれど、どういうものでしょう、どちらのお嬢さまも皇太子の母になることはなく、お二人とも、「天皇の祖父」には一度もなれないままでいらっしゃいました。

道長さまの四女、嬉子さまの子である後冷泉天皇が崩御すると、次の後三条天皇（父は後朱雀天皇。母は禎子内親王）は藤原氏と距離を取り、親政を目指すようになりました。禎子内親王の御出生の折、道長さまが冷淡だったこと（259頁参照）と結びつけると、こちらはなんだか不思議な因果を読み取りたくなりますね。

ちなみに、摂関政治に代わって、いわゆる院政を始めた白河天皇は、後三条天皇の皇子でいらっしゃいます。天皇の位から退いたのちに、上皇、法皇となり、受領階級や武士との連携を強め、天皇の後見者となるというやり方です。

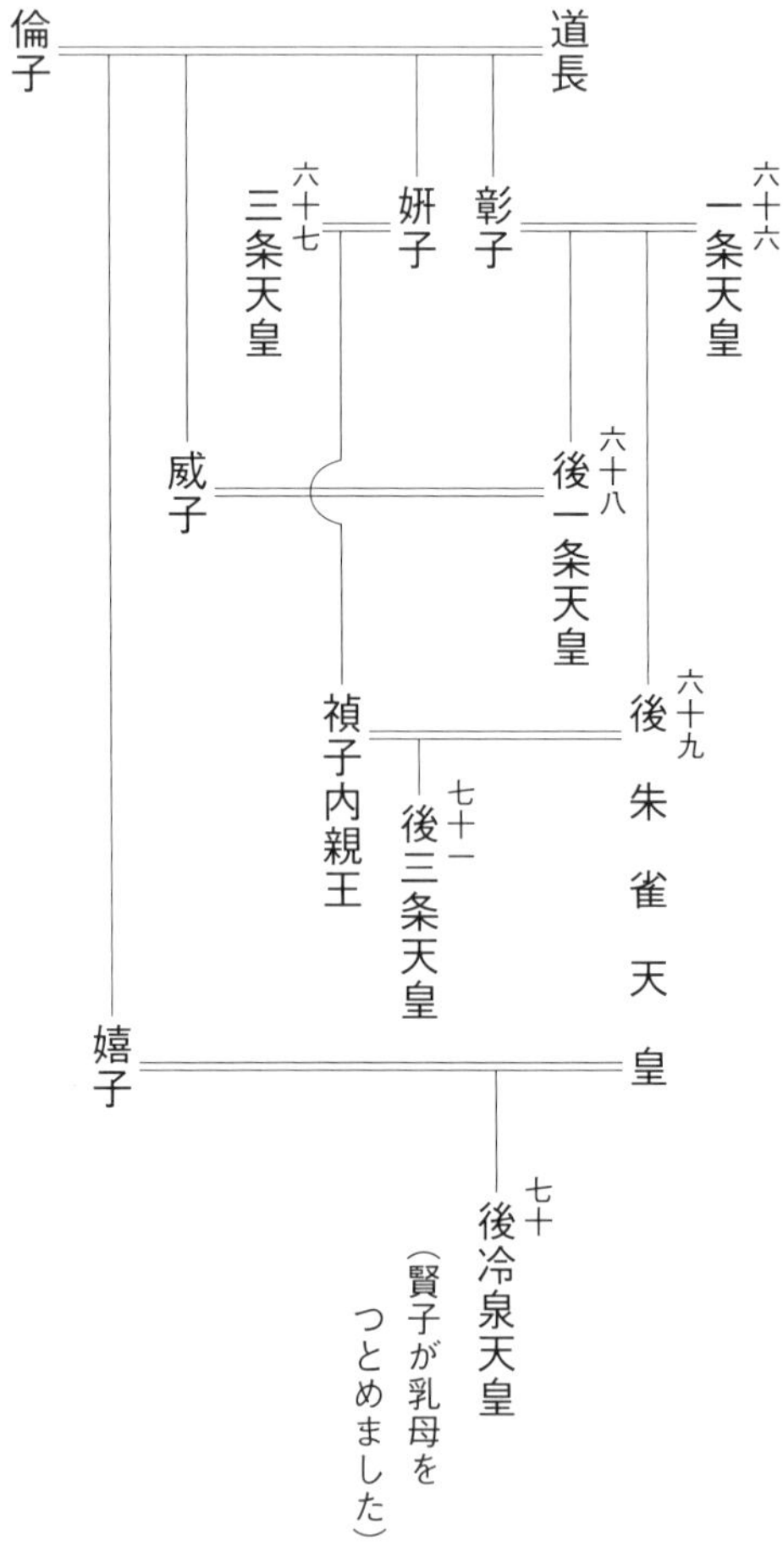

摂関政治って、結局道長さまで完成して、その「遺産」をご子息が享受して、そこまで事実上は終わりだったのかもしれませんね。

雅って片付けられがちな平安時代ですけれど、熾烈な権力闘争があって、その陰で辛い思いをした人々がいたのはいつの時代も同じだって、知っていただけたらうれしいと、母から言伝てを預かって参りました。

また、母はこうも申しておりました。

そんな時代の中にあって、多くの女性たちが歌集や日記、エッセイ、物語などを遺していますす。それぞれが切実に「何かを言葉にしておきたい」と願って筆を執った作品の数々を、どうか忘れないで、顧みてほしいと。

そうそう、母の新作は、あなたに最初の読者になってほしいとも言っていたわ。

あら、行成さん、お店休みなのに、何か忘れ物？　ではなくて、休みの間に新しいカクテルの考案をなさる？　まあ研究熱心ね。

それでは。今日はこれで。でもあまり遠くなく、ぜひお目にかかりましょうね。そう……フレッシュな杏が旬の頃なんてどうかしら？　きっとまた別のお話を、母か、あるいは他の誰かが、楽しく語ってくれると思うわ。

CLOSE

BARゆかり
しばらく休業いたします。
またのお目もじを楽しみに。

式部
行成
賢子

引用・参考文献一覧

摂関期古記録データベース(「御堂関白記」「権記」「小右記」「小記目録」「御産部類記」)国際日本文化研究センター
『新訂増補　國史大系』(「日本紀略」「尊卑分脉」「公卿補任」「本朝世紀」「扶桑略記」「政事要略」)吉川弘文館
『新編　日本古典文学全集』(「栄花物語」「大鏡」「今昔物語集」「源氏物語」「枕草子」「蜻蛉日記」)小学館
『新潮日本古典集成』(「紫式部日記　紫式部集」)新潮社
『増補　史料大成』(「台記別記」)臨川書店
『新訂増補　史籍集覧』(「一代要記」)臨川書店
『羣書類従』(「辨官補任」)続群書類従完成会
『新日本古典文学大系』(「富家語」「後拾遺和歌集」「金葉和歌集」)岩波書店
『私家集注釈叢刊』(「伊勢大輔集注釈」)貴重本刊行会
『新釈漢文大系』(「蒙求」)明治書院
『本朝麗藻簡注』勉誠社
『新編　国歌大観』CD-ROM版/角川書店
阿部秋生編『諸説一覧源氏物語』明治書院
今井源衛『紫式部』人物叢書/吉川弘文館
大津透『藤原道長』日本史リブレット人019/山川出版社
大津透・池田尚隆編『藤原道長事典』思文閣出版
岡一男『増訂版　源氏物語の基礎的研究』東京堂出版

岡一男『古典における伝統と葛藤』笠間叢書／笠間書院
川口久雄『平安朝日本漢文学史の研究』明治書院
角田文衞『平安人物志　下』法藏館文庫／法藏館
工藤重矩『源氏物語の結婚』中公新書／中央公論新社
倉本一宏訳『藤原行成「権記」全現代語訳』『藤原道長「御堂関白記」全現代語訳』講談社学術文庫／講談社
倉本一宏編『現代語訳　小右記』吉川弘文館
倉本一宏『三条天皇』『藤原伊周・隆家』ミネルヴァ日本評伝選／ミネルヴァ書房
倉本一宏『一条天皇』人物叢書／吉川弘文館
倉本一宏『藤原道長の日常生活』講談社現代新書／講談社
氣賀澤保規『則天武后』講談社学術文庫／講談社
朧谷寿『藤原道長』『藤原彰子』ミネルヴァ日本評伝選／ミネルヴァ書房
萩谷朴編著『増補新訂　平安朝歌合大成』同朋舎出版
服部敏良『王朝貴族の病状診断』吉川弘文館
服藤早苗・高松百香編著『藤原道長を創った女たち』明石書店
水口幹記「僧円能作成の厭符と彰子・敦成親王・道長への呪詛」『王朝人の婚姻と信仰』森話社
山本淳子『源氏物語の時代』朝日選書／朝日新聞社
山本淳子『平安人の心で「源氏物語」を読む』朝日選書／朝日新聞出版
山本淳子『私が源氏物語を書いたわけ』角川学芸出版
山本淳子「藤原道長の和歌『この世をば』新釈の試み」『國語國文』87巻8号、２０１８年8月／臨川書店本作は書き下ろしです。

女性名については、どのように訓読みされたか不明な場合がほとんどのため、音読みを示しました。

装画・挿絵　死後くん
装幀　中央公論新社デザイン室

奥山景布子

1966年愛知県生まれ。名古屋大学大学院文学研究科博士課程修了。文学博士。主な研究対象は「蜻蛉日記」「源氏物語」「とはずがたり」など、平安・鎌倉時代の仮名文学。小説家としては、2007年に「平家蟹異聞」で第87回オール讀物新人賞を受賞。09年、受賞作を含む『源平六花撰』で単行本デビュー。18年、『葵の残葉』で第37回新田次郎文学賞、第8回本屋が選ぶ時代小説大賞を受賞。『元の黙阿弥』『やわ肌くらべ』『流転の中将』『浄土双六』『義時　運命の輪』など著書多数。また、ＮＨＫカルチャー講師として「源氏物語」などを数年にわたり出講。近刊には『フェミニスト紫式部の生活と意見～現代用語で読み解く「源氏物語」～』がある。

ワケあり式部《しきぶ》とおつかれ道長《みちなが》

2023年11月25日　初版発行

著　者　奥山景布子《おくやまきょうこ》

発行者　安部順一

発行所　中央公論新社

〒100-8152　東京都千代田区大手町1-7-1
電話　販売 03-5299-1730　編集 03-5299-1740
URL https://www.chuko.co.jp/

ＤＴＰ　嵐下英治
印　刷　大日本印刷
製　本　小泉製本

Published by CHUOKORON-SHINSHA, INC.
Printed in Japan　ISBN978-4-12-005713-7 C0095

やわ肌くらべ

詩人・与謝野鉄幹を愛した三人の女――滝野、登美子、そして与謝野晶子。それぞれに訪れる鉄幹との修羅場、女たちのふしぎな連帯、そして鉄幹を凌ぐ歌人となった晶子の壮絶な運命とは。心も金も才能も燃やし、自らの足で歩み始めた明治女性たちの不屈の歴史恋愛長篇。

奥山景布子 著

単行本／1700円（税別）